集英社オレンジ文庫

これは経費で落ちません！ 8

～経理部の森若さん～

青木祐子

本書は書き下ろしです。

【登場人物紹介】

森若沙名子《もりわかさなこ》

経理部員。過不足ない完璧な生活を目指している。座右の銘は「ウサギを追うな」。

山田太陽《やまだたいよう》

営業部のエース。沙名子とつきあっている。大阪営業所に異動した。

佐々木真夕《さ2さきまゆ》

経理部員。沙名子の後輩。愛社精神に溢れているが、ケアレスミスも多い。

麻吹美華《あさぶきみか》

経理部員。中途入社で沙名子より三歳年上。好きな言葉は「フェアネス、コンプライアンス、ウィンウィン」。

田倉勇太郎《たくらゆうたろう》

経理部員。沙名子の先輩。大きな体に似合わず神経質な一面もある。

中島希梨香《なかじまきりか》

営業部企画課員。真夕の同期。毒舌で噂話が大好き。

玉村志保《たまむらしほ》

総務部員。攻撃的。美華に憧れている。

イラスト／uki

第一話

ごちゃごちゃ言わず、売って売って売りきれよ！

「では三ページ目の上から四行目、工場と倉庫の移設に伴う数字を見てください。一時的に膨らんだのはこのためで、来期にはこの数字はなくなります。新規プロジェクトをするのならここで補《おぎな》うことになります」

新発田《しばた》部長が淡々《たんたん》と言っている。

天天《てんてん》コーポレーションの四階――午後二時の特別会議室である。大きな机の周りに管理職の実務担当の社員が集まっている。

窓際の中央の席にいるのは円城格馬《えんじょうかくま》。就任したばかりの社長である。

その横にいるのが戸仲井大悟《となかいだいご》、村島小枝子《むらしまさえこ》。ふたりは執行役員だが沙名子《さなこ》にとっては異色だ。今期から合併することになったふたつの会社の元社長なのである。

天天コーポレーションは今期から社長が代替わりし、ふたつの会社を吸収合併して新しい会社になった。戸仲井大悟が社長だった『トナカイ化粧品』は安価なオーガニックコスメ、スキンケア商品の老舗《しにせ》である。村島小枝子の『篠崎《しのざき》温泉ブルースパ』は関東圏で、スーパー銭湯『藍《あい》の湯』を幅広く展開している。

そのほかに会議に出席しているのは営業部長の吉村晃広《よしむらあきひろ》、経理部長の新発田英輝《えいき》、総務部長の大沢《おおさわ》と課長の小林由香利《こばやしゆかり》。製造部課長の姉崎《あねざき》と鈴木《すずき》、トナカイ化粧品の専務だったという小山田《おやまだ》。会議室の壁際にはモニターが四台設置され、大阪営業所、九州営業所の所長と所員がふたりずつモニター越しに参加している。

経理主任にすぎない沙名子が出席する会議ではないのだが、オブザーバーとして参加しているのは、新発田の資料を作ったのが沙名子だからである。勇太郎《ゆうたろう》は決算と予算の書類作成で忙殺《ぼうさつ》されていて手が回らない。

「一億二千万円。この数字は来期にはゼロになると考えてもいいんですか？」

格馬が尋ねた。

格馬は社長に就任したばかりだが、経営に対する熱意がある。だからこそ先代の円城野《や》洲馬《すま》は潔《いさぎよ》く息子に会社を譲ったのだろう。

円城野洲馬は九州の小さな石鹸《せっけん》会社を全国規模の石鹸と入浴剤のメーカーにした男だ。格馬はその息子で、三十代半ばである。三代目の若社長と侮《あなど》られまいとして必要以上に気負っているようにも見える。

「はい。——でよかったよな、森若《もりわか》？」

新発田部長が沙名子に尋ねた。

「ゼロにはなりません。移転に伴う残務があります。主に労務費と手続き費用です。予備費として計上する必要はあると思います」

「どれくらい？」

格馬が尋ねる。沙名子は少し考えた。

「平均的な数字で五パーセントから二十パーセントとすると、六百万円から二千四百万円ということになります」

「ベンツ一台売ればすむ額ですな」

口を挟んだのは大悟である。大悟は書類を置き、大げさに腕を組んだ。

「一億浮くってことは、ここらで派手なキャンペーンでもやりたいところだなあ。この機会にトナカイ化粧品と天天石鹸をコラボして、パーッと持ち上げて。せっかく新しくなるんだから景気よくやらないと。——森若さんはどう思いますか？」

大悟が突然尋ねた。

「どうというのは？」

「コラボのキャンペーンですよ。こういうのは女性の意見を聞くべきですよね」

「企画の規模と内容をお聞きした上で試算してみないと判断は下せません」

沙名子は答えた。正確に言えば判断を下すつもりはないし、その権利もない。沙名子は計算した結果を新発田部長に渡すだけである。

「トナカイ化粧品は売れば売るほど赤字でしょう。これ以上は見込めませんよ」

仏頂面《ぶっちょうづら》で言ったのは吉村である。吉村は眉間《みけん》に皺《しわ》をよせ、資料を見ている。

「売れば売るほど赤字ってことはないです。在庫があります」

製造部の鈴木が口を挟む。鈴木は三十代のひょろりとした男で、がっしりと押し出しのいい吉村と比べるとどうにも頼りない。沙名子や総務部の由香利同様、オブザーバーとして参加している。

「その在庫が余っているから困っているんでしょう。人も足りない。コラボなんて簡単に言ってくれますけど、あちこちを駆けずり回って売るのは営業部ですからね。維持費ばっかりかかって、持っているほうが無駄でしょう」

吉村は言い切った。自分の会社の製品でもないのになぜキャンペーンなどをやらなくてはならないのかと言いたげである。大悟が笑顔を消し、むっとしたように吉村を見る。

「確かに、期限内に売りきれなければ処分するということになります。その期限の内にもコストはかかりますね」

「それなら試算があります。販売して余らせた場合と、今の時点で処分した場合。——森若」

「はい」

沙名子は新発田部長に言われるまま、自分の作った資料の説明をした。いくつか質問を受け、答える。吉村は質問をせず、じっと書類を見ている。早めに処分したほうがコストがかからないという結論に達したのでほっとしたようだが、それでも機嫌はよくない。

吉村は新社長の格馬のことを好きではないのである。

格馬の社長就任と二社との合併は、吉村と新発田部長を差し置いて秘密裏に行われたものだった。吉村は一族経営に反対で経営陣に入りたがっていたが、政争に敗《やぶ》れた。そうでなくても営業部長として、天天コーポレーション独自の化粧品ブランドが廃止になり、これまでライバルだったトナカイ化粧品を主力商品として扱うということに忸怩《じくじ》たる思いがあるのに違いない。

説明が終わった。険悪になりかけた雰囲気を察したのか、新発田が沙名子に顔を向ける。

「――森若はもういいから」

「はい」

沙名子はうなずき、手早く書類をまとめて席を立った。

「森若さん、会議どうでした?」

経理室に戻ると真夕《まゆ》が尋ねてきた。

真夕は黒い腕カバーをしている。デスクに置いているのはスターバックスのタンブラー。ということは立て込んでいる時期である。決算に関わっていなくても、年度替わりは煩雑《はんざつ》な仕事が多い。

「ピリピリしてたわ。初めてだからこれが普通なのかどうかはわからない。できるならもう出たくないな」

沙名子は正直に答えた。

年上の経営陣、管理職たちが居並ぶ中で、いきなりこの数字の説明をしろと言われて答えるのはなかなかのプレッシャーである。自分の答え次第で経営判断が変わるかもしれないのが恐ろしい。

「トナカイ化粧品はどうなりそう？」

デスクのパソコンへ向かっていた美華《みか》が尋ねた。美華はトナカイ化粧品の統廃合に伴う細かい試算をしている。今回の資料も美華の協力があって作成できたものだった。本格的に動き出すのはこれからなので気になっているようだ。

「その話になる前に退席しました」

沙名子はマグカップに紅茶を淹《い》れながら答えた。

会議で出たのはペットボトルのミネラルウォーターだった。出入り口に積まれた箱からひとり一本取っていく。誰のアイデアだか知らないが、お茶を淹れる時間が無駄ということらしい。予定外のカフェインを取らされるのは不本意なので賛成だ。九州と大阪からの参加者がモニター越しだったこといい、古くさい会社がトップが代わることでいきなりビジネスライクになっていることには驚く。

「戸仲井さんはいたんでしょう？」

「そうですね、戸仲井さんはトナカイ化粧品を改めて大々的に売り出したいようです。また試算が必要になるかもしれません。どちらにしろ結論を下すのは経理部ではありません」

「戸仲井さん、強気ですねえ。自社製品だから当然か。吉村部長と合わなそう。格馬社長はどっちと仲いいんですか」

「それはわからないわ」

沙名子は言った。

会議の雰囲気からして格馬は同年代の大悟のほうと仲がよい――吉村部長を煙《けむ》たく思っている風に見えたのだが、余計なことを言うつもりはない。

複数の組織が合わさってひとつになるというのは、なかなか難しいなと沙名子は思った。リーダーは天天コーポレーションだが、格馬が若いこともあって社内に反感があり、それに乗ろうとする人たちもいる。新発田部長は相変わらず飄々《ひょうひょう》としているが、吉村部長同様に政争に敗れた側である。

それぞれがその部署のプロフェッショナルであるからには排斥《はいせき》するわけにもいかない。欧米の会社ならあっさりと首をすげ替えるところなのだろうが、吉村部長、姉崎部長、新発田部長は先代社長にとっても恩がある。おそらく株も持っている。

格馬は表面的には誰ともわけへだてなく接している。新しい専任秘書を雇うこともなく、新入社員とも積極的に言葉を交わそうとする。専務だったときよりフレンドリーなくらいだ。

そういえば格馬は最近、勇太郎とゴルフに行ったらしい。勇太郎がゴルフをやるなど聞いたこともなかったが、中間管理職となればそうも言っていられないのか。勇太郎を懐柔したところで数字は変わらないので意味ないと思うが。

　勇太郎はこのことを誰にも言っていない。沙名子は格馬の妻の美月《みつき》から聞いたのだが、おそらく新発田部長も吉村部長も知らないだろう。

　考えながら仕事をしていたら経理室に勇太郎が入ってきた。これまで別室で仕事をしていたのである。勇太郎は書類を数枚印刷し、そのまま沙名子に渡した。

「森若さん、数字見てくれる？　来期の営業部の試算。明日の会議に出す」

「はい。データではいただけませんか」

「デリケートな案件だから。コピーとらないで、終わったら返して。決算と比較してチェックして、数字の間違いと検討事項があったら教えてください。資料は俺が作るから」

「わかりました。会議は何時からですか」

「午後一時。修正箇所があったら明日の朝までに頼む」

　ということは今日中ということか。沙名子は腕時計に目を走らせる。午後五時。自分の決算書類を作るのに少し残業しようと思っていたのだが、さらに時間が上乗せされる。

　勇太郎がプリントアウトした書類を手にして行ってしまうと、真夕が話しかけてきた。

「森若さん、今日も残業ですか」

「そうね。真夕ちゃんは？」

うんですよね」

「帰ろうと思ってたけど、森若さんがやるならやろうかな。昼間は何かしら邪魔されちゃ

真夕の言葉を聞いて美華が顔をあげた。

「わたしも残業です。会議が終わったら製造部からヒアリングをしなくてはなりません」

「じゃあ今日は三人でがんばりま……」

「今日も、でしょ！」

美華はふいに声を大きくして、真夕の言葉を遮《さえぎ》った。

「半期決算をするのは三度目だけど、仕事量が多すぎです！　残業をするのは仕事ができない人だと思ってきたけど、今回ばかりはあてはまりません。なぜ給与計算の担当者がひとりなの！　森若さんは財務と管理の両方やってるし、その上会議の資料まで見ろだとか無茶苦茶です。人が足りなすぎるわ！」

美華は言った。自分で話しながら激高していくスタイルである。

「とはいっても、美華さんが来るまでほぼ三人でやってましたからねえ」

真夕が困ったように言った。

「よくできたわね。信じられないわ」

「森若さんと勇さんで五人分くらい仕事してたから。大阪からヘルプが来たり、外注を使ったこともあったし。ていうか美華さんも仕事早いじゃないですか。だからなんとか回っ

ているわけで」

「たまたま平均以上に仕事をする人がいるから回る組織というのは危ういんですよ。新発田部長は部員の過労働に甘えすぎです。合併で人が増えたからてっきり経理部にも人が来ると思ったのに。依頼を出さなかったんでしょうか」

「出したとは聞いています。もちろん」

沙名子は言った。

経理部はこの数年、慢性的な人手不足である。沙名子が入る前は部長以外に五人いたはずなのに、今は四人。美華が来る前は三人だ。これまでなんとか乗り切ってこられたのは経理部員が優秀だったからである。

「槙野《まきの》さんを製造部にとられちゃいましたからねー」

真夕がつぶやいた。

槙野はトナカイ化粧品の総務課長だった男である。真面目《まじめ》で責任感があり経理部員としても優秀、彼が入ってきたら楽になると沙名子も期待していたのだが、人事の蓋《ふた》を開けたら槙野は製造部だった。製造部も数字に強い中堅社員を欲しがっていたのである。

忙しいのはどこの部署も同じだ。優秀な人材は取り合いになる。製造部は会社の要《かなめ》、天天石鹸は天天コーポレーションの命綱《いのちづな》と言われたら返す言葉はない。

「これから補充はあるのかしら」

「トナカイ化粧品の社員さんで正式な配属が決まってない人がいるから、入ってくるんじゃないでしょうか」

真夕が言った。

ふたつの合併先のうち『篠崎温泉ブルースパ』は、スーパー銭湯業務がそのまま引き継がれるのでほぼ異動はない。しかしトナカイ化粧品は東京オフィスの賃貸契約も解約している。元社員で配属が決まっていない人は、現在、天天コーポレーションの静岡工場をはじめとする各所で働いている。吸収される側というのは厳しいものだ。

「だったら早くしてほしいわ。この際、経験者じゃなくてもいい。このままだったら真夕ちゃんの能力がもったいないです」

美華が言い、真夕はびっくりしたようにタンブラーから口を離した。

「え、あたし?」

「そうです。真夕ちゃんは財務担当のプロフェッショナルを目指すべきです。新しい人が入ってこないとそれもできなくなります」

「そう思うなら美華さんから言ってみてください。新発田部長は聞いてくれますよ」

沙名子は言った。

新発田部長は仕事を部下に丸投げする代わり、平社員の意見にも耳を傾ける。美華を採用したことといい、人材を見る目もあるようだ。部下が優秀であれば自分がサボることができると思っているのに違いない。賛同する。

美華はきっと沙名子に顔を向けた。こういうときの美華はなかなか迫力がある。

「森若さん、面倒なことを人にやらせようとするのはよくない癖だと思いますよ」

「美華さんを信頼しているからこそです」

「まあまあ、部長もわかっていますって。とにかく今は目の前の仕事を乗り切りましょう」

真夕がまとめ、三人はデスクに向かってそれぞれの仕事にとりかかった。


家に辿《たど》りついたら夜の十一時になっていた。

沙名子はコンビニの野菜スープが入ったエコバッグをテーブルに置き、腰を下ろしたくなる誘惑に耐えて風呂を沸かしに走る。弁当箱を水に浸し、風呂と食べるのをどちらを先にするか数秒迷ったあとでエコバッグに手をかけた。

野菜スープのビニールを破り、電子レンジに入れる。冷蔵庫に作り置きした惣菜《そうざい》はあるのだが、この時間に重いものを食べたくない。スープだけだと足りないので、一緒に買ってきたチキンを割いて胡瓜《きゅうり》を和《あ》え、サラダを作る。

気づくと指先のマニキュアが剝げていた。さすがに塗り直す時間はない。しばらくなしでいくしかあるまい。マニキュアは自分の手入れの優先順位としては下位である。

チキンサラダと野菜スープを食べながら、沙名子は頭の中で注意深く段取りを立てる。

これから洗い物をして明日の弁当と着るものの準備をして、風呂に入りながらシートパックをして、髪だけは丁寧に乾かして、一時までには眠りたい。明日こそ八時までには帰りたい。洗濯物がたまってしまう。弁当のおかずがなくなる。洗濯と弁当だけならいいが、下手《へた》をしたら土曜出勤になる。それだけは避けたい。

こういうときは綱渡りである。沙名子は怠《なま》け者なので、一回、何かが外れるとずるずるとだらしなくなってしまう。仕事にも影響が出る。天天コーポレーションがどうなろうとかまわないが、給料分は仕事をしたい。

余ったトナカイ化粧品の在庫をどうするか——か……。

仕事のことは忘れていたいのに、ぼんやりと電子レンジの温めを待っているとついつい考えてしまう。

戸仲井大悟も一介の経理主任にそんなことを尋ねるなと思う。そもそも主任になったのからして早すぎるというのに。

いっそ無能の烙印《らくいん》を押されてしまえばもっと楽に生きられるのに。そういう社員もいるというのに、沙名子はそちら側へ行けない。これが矜持《きょうじ》というやつか。

遅い夕食を食べ終わってスマホを見ると、太陽《たいよう》からメッセージが来ていた。

沙名子、もう家着いた？

帰りの電車の中で来ていたメッセージに返信をしたのだが、そのまた返信である。放っておこうかなと思ったが、いちおう書いてみる。

着きました。今ごはん食べて、これからお風呂入るところ。

おやすみなさい。

その上、沙名子にはもうひとつ余計なルーティンがある。

彼氏と連絡を取り合うという、面倒な上に何の役にもたたない作業が。

しかもその彼氏というのは大阪に住んでいて、つまり遠距離恋愛で、普段は会うことすらできず、何かといえば疑問形でメッセージを送ってくる。

家に着いたから何なのだ。何のために訊《き》いてくるのだこの男は。

ええいうるさい！　疲れてるんだよ！　と言えれば楽なのだが、沙名子はそれをしない。そんなことを言ったら太陽が傷つくかもしれないし、心配するかもしれないし、明日に連絡が来ないかもしれない。そうなったら困るのである。

太陽が大阪へ引っ越したのは二月末。初めての転勤で最初のほうこそ弱音を吐いたが、今はすっかり慣れて、先輩社員に可愛《かわい》がられながら営業先巡りをしている。

気づくと交際しはじめて一年以上経《た》っているが、太陽という男はわからない。最初は何も考えていないと思ったが、そうでもない。考えた結果があの能天気さならそれはそれで思考過程を精査したい。

わかるのは太陽が優しいということと、老若男女《ろうにゃくなんにょ》を問わずにモテるということくらいだ。

二十八歳――仕事でそれなりの責任を持たされるようになってから表情が変わったようにも見える。学生の延長のような甘えたところがなくなった。伝票をまめに出すようになったのは沙名子とつきあい始めたからだろうが。

大阪営業所に女性はいるのだろうか――。

ついつい考えそうになり、沙名子は自分の思考を封じる。ここは太陽を信じる以外にできることはない。連絡を取り合うだけでも面倒だというのに、嫉妬《しっと》や不安などというわけのわからない感情と向き合う暇はないのである。

白湯《さゆ》を飲みながらマニキュアを落としていたら、電話が鳴った。太陽である。思わず通話ボタンを押してしまってから慌てた。

「――はい。太陽？　何」

『いやー急に沙名子の声聞きたくなってさあ。すっげえ忙しそうじゃん。残業は十時までにしてるって言ってなかった？』

　時計を見ると十一時五十分だった。もうすぐ日付が変わる。人の気持ちも知らず太陽はのほほんとしている。

「仕方ないわ、決算期だから。──太陽は？」

『俺も忙しいよ。夏のキャンペーンの担当になりそう。こっちへ来たら楽できるって言われてたけど、人生厳しいわ。しかも俺がリーダーなの。来たばっかりなのに』

「もしかして部下ができた？」

『部下っつーか後輩な。後輩だけどこっちじゃ先輩な。光星《こうせい》くん、めっちゃいいヤツ。土地勘ないから運転してもらってる。助手席が暇で寝そうになるわ』

　太陽は自分の言葉に自分で笑っている。沙名子はつられて笑った。

「よかったね」

『うん、新しいことをやるのは面白いよ。──あのさ、久しぶりに顔見たくない？』

「ダメです。まだお風呂入ってないの。寝ないと明日がもたない」

『そうかー。俺はあと寝るだけだからな』

「じゃ切ります」

『おう。おやすみー』

　沙名子は電話を切った。

　太陽はしょっちゅう電話をしてくる。もともとお喋《しゃべ》りなのだが、今は新しい環境について話したくてたまらないようである。

動画で話すのは好きではない。化粧はしないまでも髪を梳《と》かしてパウダーくらいははたかなくてはならないし、話しながら家事をしたりマニキュアを落としたりもできない。ビデオ通話アプリなどというものを開発した人を恨みたくなる。

沙名子としても太陽の顔を見たいと思わないでもないが……。

太陽はあっさりと引き下がりすぎだと思う。営業マンのくせに。強引なときはものすごく強引なくせに。もうちょっと引き留めたり、次の約束を取り付けようとしたりしてもいいのではないか？

いやダメ。そう思うことが太陽の意図にまんまとはまっているということなのだ。

沙名子は首を振り、今夜の入浴剤を選ぶために立ち上がった。


沙名子が仕事をしていると希梨香《きりか》が経理室に入ってきた。

希梨香は手に伝票を持っている。胸もとの開いたニットにふわりとしたスカート、ロングヘアを下ろしている姿は春らしく華やかである。

経理室にいるのは沙名子と勇太郎だ。新発田部長と美華と真夕は外出中である。

希梨香は真夕と喋りたかったらしく、いないのでがっかりした。勇太郎と沙名子に目を走らせ、沙名子のところへやってくる。

「──森若さん、トナカイ化粧品のキャンペーンの話、聞いてます？」

希梨香は笑顔で伝票を差し出しながら言った。

「検討事項として持ち上がっていることは知っています。具体的には聞いていません」

「そうなんだー。森若さんなら知っていると思ったのに」

希梨香は機嫌がよかった。大阪への出張伝票である。出張目的はトナカイ化粧品の新規キャンペーンの立ち上げ会議、同行者には販売課の鎌本《かまもと》とある。

「大阪で会議があるんですか？　経理部に稟議《りんぎ》は回ってきていませんが」

沙名子は少し驚いて尋ねた。

「稟議番号はできています。発議が大阪営業所なので、どこかで止まって遅くなっているんじゃないかな。トナカイ化粧品って、関西でよく売れているんだって。あたしも担当になるって聞いたのは今朝なんです。立ち上げには半端な時期だけど、村岡《むらおか》課長から言われたんで間違いないです」

希梨香は言った。今朝に担当を打診され、その日のうちに出張伝票を持ってくるとは仕事が早い。

「販売課と企画課、両方が参加するんですね」

「はい。メインは販売課ですけど、格馬さんの意向で女性社員を多くしたいらしくて、あたしと相馬《そうま》さんが企画課から入ることになりました。相馬さんは育児中で出張ができないから、あたしがあちこちへ行くことになりそう」

　希梨香は楽しそうに言った。

　これまでに希梨香が企画してヒットした製品は、従来のユーザーではない若い女性をターゲットにしたものだった。新しいキャンペーンで、本社の女性代表として抜擢《ばってき》されたとなれば力が入るだろう。

「わかりました。承認するのは稟議が経理部に回ってきてからですね。新幹線のチケットもそのあとになります」

　沙名子は言った。

　天天コーポレーションでは新幹線を使った出張の場合、出張申請が承認された時点でチケットを経理部員が社員に渡すことになっている。社員はそのチケットを使って自分で席を取る。ほかの交通費はあとから精算するのに、なぜか新幹線だけチケット制だ。おかしな制度である。

「なるべく早く席を取りたいんだけどなあ」

「稟議の承認を確認できたら経理部に来てください。真夕ちゃんと美華さんにも伝えて、すぐにお渡しできるようにしておきます」

「はーい」

希梨香がいなくなると沙名子は手帳を開き、希梨香に新幹線チケットを渡すと書いた。ついでに終わっている小さな仕事を二重線で消す。タスク管理のリストはいろいろ試したが、入社一年目で、手帳に書いては消していくのが一番効率がいいという結論になっている。字は書かないと下手になっていくので訓練としてもちょうどいい。

結局、トナカイ化粧品のキャンペーンをやることになったのか——。

出張伝票を見ながらシステムを開き、稟議を確認する。

希梨香が言ったとおり、大阪営業所で発議されているが経理部には来ていなかった。どこで止まっているのかと思ったら、本社の営業部だった。

つまり吉村部長だ。

希梨香の直属の上司である村岡課長は動いているのに、その上である吉村部長が承認していないということになる。

沙名子は少し考え、引き出しのファイルから先日自分が作成した会議の資料を取り出した。

トナカイ化粧品は天天コーポレーションとは製品の管理方法が違う。在庫を持ち続けるのは維持費の無駄で、販売しきれない分は処分しなければならない。

処分すれば在庫分の製品が無駄になり、販売するには広告費と人件費がかかる。トナカイ化粧品の販売ルートは天天コーポレーションとは違うから、すりあわせも必要である。

トナカイ化粧品の元社長である戸仲井は販売してほしそうだったが、吉村部長はいい顔をしていない。

吉村部長は天天コーポレーションという会社に執着がある。円城野洲馬、格馬の一族経営に反対し、新発田部長と組み、新島《にいじま》部長をあざむいて天天コーポレーションの経営に携《たずさ》わろうとしていたほどに。結局クーデターは阻止《そし》されたが、その後の合併は格馬が決めたことで、吉村部長にとっては不本意である。

沙名子の試算では、トナカイ化粧品の在庫は、販売するよりいったん処分したほうが負担が少ないと出た。天天コーポレーションは化粧品の販路には弱い。これから何かやったところで化粧品を変えるタイミングは過ぎているし、夏になれば天天石鹼のキャンペーンを打たねばならない。販売まで長引けばそれだけ維持費はかかる。

格馬が今からやるという決断を下すとは思わなかった。それも大阪の発議なのに東京本社の営業部員が三人も担当で、入社五年目の希梨香を抜擢するとは。

このキャンペーンはそこそこ大きい。ひょっとしたら格馬の肝《きも》いりかもしれない。

吉村部長が承認したくない気持ちもわかると沙名子は思った。格馬は数字だけを見ればいいが、営業部にとっては新しい企画に人材を割かれればほかの仕事が圧迫される。ただでさえ合併で忙しいのに、三人もとられたらたまらないだろう。

だいたい戸仲井大悟は経営が杜撰《ずさん》なのである。販売ルートを積極的に開拓せず、販売数を読めずに在庫を余らせているのもそうだし、社用車としてベンツを買うのも、会議でたまたま出席した女性社員の意見とやらを聞きたがるのもそうだ。

ライバル会社だったトナカイ化粧品の後始末を、なぜ天天コーポレーションの営業部が行わなければならないのか。そう吉村部長が思うのは当然である。

キャンペーンの稟議書の承認を遅らせているのは吉村部長の意趣返しか？

しかし中小企業とはいえ営業部長としてそれなりに実績のある男が、そんな子どもじみたことをするだろうか。

人は案外、小さなきっかけで動くものだけれども。

考えこんでいたら新発田部長と美華が経理室に入ってきた。美華は手にＡ４の紙を持っている。何か話し合っていたらしい。美華はわからないことを溜め込まず、はっきりさせたがるたちである。

「新発田部長、トナカイ化粧品のキャンペーンの件についてご存じでしたか？」

沙名子は新発田部長に尋ねた。

「――ああ。知ってる」

新発田部長は苦い顔で答える。新発田部長もキャンペーンをよく思っていないようである。美華は険しい顔で新発田部長に目をやった。

沙名子が総務部へ行くと、総務課長の小林由香利と吉村部長が話していた。

大沢総務部長はいない。いても役にたつかどうかはわからない。新島総務部長が退職してから総務部長はしばらく空席で、新発田部長が兼務していた。大沢総務部長はこれまで人事課長だった四十代後半の男性だ。持ち上がりで部長になったのだが、総務部はどうみても由香利を中心に回っている。

「森若さん、なんでしょうか」

由香利は吉村部長との話を中断し、沙名子に声をかけた。

「お話し中すみません。固定費の消費税計算で合わない部分があるので確認を」

「どうぞ、私の話は急がないので」

吉村部長が沙名子に譲った。

沙名子は由香利に付箋《ふせん》の貼られた伝票を渡し、電卓を打って説明する。由香利はベテランの総務課長で、どんな事例であっても理解が早いので話はすぐに終わる。

「森若さん、元気ですか？」

由香利が伝票を確認している間、吉村部長が沙名子に言った。

吉村部長は感情の波が激しい。今日は機嫌がいいようだが、もともと女性に対しては強いことを言わないので、内心がどうかはわからない。

「いろいろ噂《うわさ》は聞いていますよ。うちの部員も鍛えてるけど、森若さんにはかたなしですな。お手柔らかに頼みますよ」

「――はい」

「おかげさまで」

沙名子は警戒しながら答えた。

吉村部長は仲間意識が強く、人間関係を重視する体育会系である。個人主義的な経理部員とは合わないし、無駄な経費を使いたがるので経理部にとっては天敵といっていい。

太陽によれば仕事ぶりは豪腕で、特に男性の営業部員には厳しい。失敗すると凹《へこ》むようなことを言うが、褒めるときは持ち上げるように褒めるらしい。新発田部長と仲が悪いとずっと思ってきたが、実は仲がいいらしい。スローガン重視の古くさい管理職に見えるが、空気を読んで飴《あめ》と鞭《むち》を使い分けている。

いつもなら無難な返事をして距離を置くところなのだが、今回は返事に迷う。

噂とは、もしかしたら太陽のことか――？

沙名子と太陽が交際していることは会社には秘密である。太陽にも厳重に言い含めてあるし、守っている――と思う。知っているのは山崎《やまざき》だけだ。

山崎は太陽よりも数歳上の営業部の先輩で、営業成績トップなだけあって勘が鋭い。吉村部長のお気に入りである。

「噂といいますと何でしょうか」

沙名子は言った。

つきあっていることが社内にばれたらどうしたらいいのか。噂の餌食《えじき》になることに耐えるか、会社を辞めるか。これ以外の選択を思いつかない。

「いやあ、活躍されてるなって。実は、森若さんを主任に推したのは私なんですよ。新発田部長はまだ早いって言ったんですけどね」

吉村部長はにこやかに言った。

「そうですか。ありがとうございます」

沙名子は答えた。

総務部の元秘書——新島部長と組んで吉村部長を取り込もうとした有本《ありもと》マリナを退職に追い込んだのは沙名子と美華である。新島部長と吉村部長と姉崎部長が密談をしていた証拠も持っている。こちらを使うことはなかったが、うすうす察しているということか。あるいは山崎から聞いたのかもしれない。

沙名子は円城格馬の妻である美月と仲がいい。ふたりの結婚披露宴にも招待されている。そのことで沙名子は吉村部長から目をつけられる——格馬側の人間だと思われ、敵視されるかもしれないと思ったのだが、逆だったようだ。この時期に経理部員を敵にしてもいいことは何もない。だったら恩を与えて味方にしようと思うあたり、さすが海千山千の営業部長と言っていいのか。

それともこれは格馬と勇太郎がゴルフに行ったこと、トナカイ化粧品について、沙名子が吉村部長と同意見――販売よりも在庫を処分すべきだという試算を出したことと関係があるのだろうか。

「やっぱり今の時代、女性が活躍しないとね。うちには優秀な女性がたくさんいるから。私なんてついていけなくて困っていますよ」

「ご意見参考になります」

だったら早く稟議を承認しろよ。希梨香の新幹線の席が取れなくなるだろうが。

そう言いたいのをこらえて沙名子はあいまいにうなずいた。

「森若さん、これでいいでしょうか」

伝票のチェックを終えた由香利が言った。手書きで数カ所の訂正を加えている。

「はい、ＯＫです。システムのほうも訂正しておいていただけますか？」

「すぐやります」

由香利から伝票を受け取っていたら、すれ違うようにして部長席に大沢部長がやってきた。吉村部長はおっと口に出し、そちらへ向かって歩き始める。

大沢部長が課長だったときは吉村部長が自分から話しかけることなどなかった。由香利に対してもそうである。大した用もなさそうなのに、こんなに友好的な男だっただろうか。

穏やかすぎて逆に不安になる。

「――だから、こっちも困っているんですよね」

勇太郎と村岡企画課長が話している。

午後の経理室である。沙名子と真夕と美華はデスクに向かっている。この半月というもの残業続きだったが、やっと目処《めど》がつきそうでほっとしているところである。

「そうですね。経費が発生しているので早いほうがいいですね」

勇太郎が答えた。

勇太郎が他部署の社員と雑談をするのは珍しい。それも村岡課長とは。接点がほとんどないし、これまでふたりで喋っているのを見たこともなかった。

村岡課長は希梨香の上司である。四十代後半――勇太郎よりも十歳年上だが、勇太郎も課長職なので立場としては同等だ。中途入社で、いかにも文系といった優男である。

「来週の水曜に大阪で会議があるんですよ。たぶん吉村部長はやりたくないんだろうけれども、企画課のほうが多く人を出すんで、ギリギリになると困るのは私なんです。田倉《たくら》さんは格馬専務……社長から聞いていますか？　今回は女性を中心にしたキャンペーンにしたいという話」

「聞いています」

「格馬さんはなんて言っていたんですか？」

「企画内容についての相談はありません。あっても困ります。私は数字を精査するだけなので」

「田倉さん、自社の企画に興味ないんですか」

「極論を言えば、そうですね」

村岡課長が一瞬、綺麗《きれい》に整えられた眉をひそめた。勇太郎はさすがにまずいと思ったのか付け加えた。

「もしも稟議が通らないので経費処理ができないということであれば、いったん雑費で申請してください。通ってから変更ができます。詳しいことは森若さんに訊いてください」

なぜこういうときに沙名子の名前を出す。美華でも真夕でもいいじゃないか。ていうか自分でやれ。沙名子は内心を押し隠し、眼鏡ごしにパソコンのモニターを見る。

「吉村部長が承認してくれさえすれば、そういうことはなくてすむんですが……」

「村岡課長から吉村部長に催促してみてはどうですか」

「私が直接訊くのはちょっと。格馬さんはなんて言ってるんですかね？　聞いていませんか」

「私にはわかりません」

「吉村部長ってわかんない人でね。長く仕事していますが、こういうときは裏があるんですよね」

「そうですか」

「経理部は吉村部長に賛成という意見らしいですが、本当ですか」

「新発田部長に訊いてください」

「キャンペーンをやることは決定しているわけですよね。きっと格馬さんと吉村部長の間で何かあったと思うんだなあ。最近は大沢部長ともよく話してるし。吉村部長が承認を遅らせていることについて、格馬さんに報告したほうがいいと思うんですが」

「その予定はないです」

どうやら村岡課長は吉村部長の愚痴《ぐち》を言いに来たようだ。ついでに勇太郎を通じて格馬の意見を聞き出したいらしい。

しかしいかんせん相手が悪い。勇太郎は口が堅い。それ以前に社内の人間関係に興味がない。格馬に気に入られているからといって、そのことを利用してどうにかするつもりもないと思う。勇太郎が忠誠を尽くすのは数字と友情のみである。

「いろんな兼ね合いがあるんですよね、こういうのは」

勇太郎がまともな会話をしないので、村岡課長は諦《あきら》めたようにつぶやいて経理室を出ていく。沙名子のデスクの横をすれ違いざま、沙名子を見て軽く頭を下げた。物腰の柔らかな男である。

営業部内で何かあったのだろうかと沙名子は考える。吉村部長は村岡課長の直属の上司ということになるが、仲がいいとも悪いとも感じたことがなかった。

吉村部長が束ねている販売課は営業部の主力だが、それはどこの会社でも同じだと思う。販売してこそ営業だ。

それとも村岡課長は、最近の社内で吉村部長の旗色が悪くなっているのを見越して、格馬の側につきたがっているのか。吉村部長が失脚すれば村岡課長が昇進する可能性がある。そのために勇太郎と仲良くなろうとしているのか。

派閥か。考えるだけで面倒である。他人のことなど気にせず自分の仕事だけをやればいいのに、なぜそのようなものができてしまうのか。

沙名子は気持ちを切り替えるために立った。冷蔵庫と湯沸かしポットの付近でマグカップを用意していたら、勇太郎とかち合った。

勇太郎は自分の分のマグカップを取り出し、インスタントコーヒーの瓶《びん》を取り出したところだった。蓋を開けようとした手がふと止まる。

「――コーヒー買ってこようかな」

勇太郎はマグカップを見つめたまま、ぼそりとつぶやいた。

こういうときは濃い本物のコーヒーが飲みたい。気持ちはわかる。平然と答えていたが、勇太郎もうんざりしていたというわけである。

「行ってきたらどうですか。ちょうど出したい請求書があるので、投函《とうかん》してきていただけると助かります」

「あ、そういえば公園の向こうにミニストップができたんですよ。わりとコーヒー美味《おい》しいですよ！」

真夕が口を挟んだ。真夕も聞いていたらしい。

経理部ではなぜか、ポストに何かを投函するついでに近所でコーヒーを買ってくるのは許されることになっている。近年になって定着した謎ルール、いや真夕ルールである。

「勇さん、どうして吉村部長のところで稟議が止まっているんですか？　おかしいと思うのですが、確認はとらないんですか」

美華が尋ねた。派閥などというものより、仕事がスムースに行かないことに苛立《いらだ》つのが美華である。

「それは俺の仕事じゃない。――行ってくる」

勇太郎は珍しく乱暴に言い置いて、経理室を出た。


「――森若さん、トナカイ化粧品のキャンペーンに反対だったって本当ですか？」

沙名子が希梨香に尋ねられたのは午後五時だった。

沙名子は真夕が作成した書類のダブルチェックをしていたところである。

煩雑だが慣れた作業なので気は楽だ。このところ決算に加え、慣れない会議用の資料作りに関わってきたのである。今日は久しぶりに定時で帰り、デパ地下のお惣菜とお菓子を買い、お酒を飲むと決めている。このために仕事をしているようなものだ。

希梨香は抱きしめるようにしてファイルを持っていた。珍しく化粧が崩れている。どこかで話を聞き、定時終了前に急いで経理部に駆け込んできたようだ。

「反対はしていません。そんな権利はないので」

沙名子は答えた。

「でも村岡課長が言っていたんですよ。森若さんの資料で、トナカイ化粧品は廃棄したほうがいいって出たって。だから吉村部長はキャンペーンに反対なんだって」

「村岡課長が？」

沙名子は眉をひそめた。

会議に村岡課長は参加していない。営業部内の会議で吉村部長が何か訊かれて、口を滑らせたか。

全社規模のキャンペーンなのに、本社の営業部長の承認がおりていない。このままでは動き出すことができない。こんなことは異例だ。しかし、それを沙名子のせいにされるのは困る。

吉村部長と村岡課長はあまり仲がよくないらしい。

村岡課長は大手の広告代理店からの中途入社組である。希梨香から聞いただけだが理屈っぽい男で、結果を重視する吉村部長とはいかにも水が合わなそうだ。

「確かにまだ承認はおりていないですね」

沙名子は経理システムを見ながら言った。

「森若さんが反対したというのは本当なんですか？」

「わたしは試算をしただけです。理由を知りたいのなら、村岡課長か吉村部長に確認したほうがいいと思います」

「聞きました。村岡課長は言い訳してばっかりで何もしてくれないから、吉村部長のところに行って、やるのかやらないのかだけでもはっきりしてくださいって言っちゃいましたよ。そうしたら、もうちょっと待ってってって」

「吉村部長に直接訊いたの？」

向かいで聞いていた真夕が口に出した。希梨香は当たり前のようにうなずいた。

「言ったよ。企画考えなきゃならないもん。やるなら大阪に主導権握られたくないじゃん。もうちょっとっていつですかって訊いたら、来週頭だって。遅すぎません？　会議は水曜日なんですけど！」

希梨香は怒っているが、来週頭という言葉を引き出したのはよくやったと思う。吉村部長は男性に対して威圧的だが女性には強気に出られない。

「村岡課長にそのことを伝えたら、自分の立場がーってごちゃごちゃ言ってるからキレそうになったわ。だったらあんたがやれっての。どうしたらいいんですかって訊いたら、もとはといえば森若さんが、主任の立場と引き換えに吉村部長についたからだって」

「冗談にしてもやめて、希梨香ちゃん」

誰が誰についたとか、気色の悪いことを言うなと思う。何が悲しくて沙名子が吉村部長の腰巾着《こしぎんちゃく》にならなければならないのだ。格馬と勇太郎を見ても思うことだが、そもそも経理部員が誰かの味方になったからといって数字が変わるものではない。

「じゃあ違うんですね」

「違います。わたしにそんな力はありません」

「じゃあどうしてなんだろう。言っておきますけど、あたしは別にこれが誰のせいとか、そういう話をしたいわけじゃないんです。会議は来週なんですよ！　早くしないと新幹線の窓際の席が埋まっちゃう。新発田部長は何か言ってませんでした？」

「言っていませんが、そういうことなら聞いてみます。もうすぐ帰ってくると思うので。希梨香ちゃん、まだ会社にいる？」

「今日は少し残業する予定です」

「だったらちょっと待ってて」

沙名子は答えた。

希梨香がプリプリしながら行ってしまうと、真夕が心配そうに沙名子に声をかけた。

「森若さん、希梨香のことは気にしないでいいですよ。怒りっぽいだけだから。ああいうのいつものことなんで」

「わかっています。——真夕ちゃん、最近、鎌本さんから出張申請受けた？」

沙名子は経理システムを起動させながら言った。

希梨香の出張申請には同行者として販売課の鎌本の名前があった。キャンペーンは販売課の人間がいないとできないし、年齢的に本社のリーダーは鎌本ということになると思う。

希梨香は毒舌《どくぜつ》で噂好きで面倒な女性だが、仕事熱心であることは確かである。あの気の強さは営業部員としては美点ではなかろうか。村岡課長には煙たがられていそうだが。

「受けてないですよ。——あ、そうか。鎌本さんもメンバーでしたっけ」

沙名子は鎌本の経理ページを開いた。

いくつかの作りかけの伝票に混じって、まだ来ていない来週の出張申請が下書きのフォルダの中に保存されている。

行く先は大阪、目的はトナカイ化粧品のキャンペーンの会議。直属の上司である吉村部長から承認をもらえさえすれば、あとは出すばかりにして置いてあるということになる。

営業部販売課は一枚岩だ。鎌本はずっと吉村部長のもとでやってきている。

「新発田部長は会議だっけ」

「はい。二階の中会議室です。総務部と何かあるみたいで。そろそろ終わるんじゃないかな」

「わかった。新幹線のチケット抜くから覚えておいて」

沙名子は真夕に言って、金庫から新幹線のチケットを取り出した。そのまま経理室を出て会議室へ向かう。中会議室は営業部のフロアの向こうである。


定時を過ぎているが、営業部には部員がたくさんいた。日中よりも多い。金曜日なので週内にしておくべきことがあるのかもしれない。今年異動してきた社員が沙名子を見てぎくりとし、手に伝票がないのを見てほっとしている。

そういえば最近はあまり営業部に来ることがなかったな――と思って、太陽がいないからだと気づいた。別に太陽に会うために来ていたわけではなかったが、このフロアに入ると太陽がいるかどうか確認する癖がついていた。

部長席は空だった。部長の斜め向かいの席には山崎が座り、面倒そうにタブレットに向かっている。全体的に空席が目立つのは太陽以外にも異動になった人がいるからか。新入社員はひとり入ったが、太陽が抜けた穴を埋める人材はまだいない。太陽はあれで優秀だったらしい。忙しそうなのはそのせいもあると思う。

「あ、森若さん、どうした？」

真っ先に声をかけてきたのは鎌本だった。椅子《いす》を回して沙名子のほうを向く。

「新発田部長に用事があったので。まだ会議中ですか？」

「もうすぐ終わるんじゃないかな。──おい田辺《たなべ》、吉村部長の会議予定、何時までか見てきてくれる」

「吉村部長もご一緒なんですね」

「そう。なんなら伝言預かろうか。森若さんも金曜日だし、早く帰って彼氏と会いたいっしょ」

鎌本の瞳は何かをうかがうように細まっている。

沙名子は表情を変えずに鎌本を見返す。鎌本は太陽と組んで仕事をしていた男だが、沙名子と太陽がつきあっていることは知らない。知っていたら試すような質問をするのでなく、もっと直接的な嫌味か冗談を言うと思う。それ以前に太陽に何か言っている。

鎌本より、むしろうしろにいる山崎が興味深そうに顔をあげたことのほうが気にかかる。

「結構です。鎌本さん、つかぬことをお聞きしますが、来週の予定はどうなっていますか？」

「え、よ――予定？　俺の？」

　鎌本の声はうわずっていた。

「はい。中島《なかじま》さんから聞いたのですが、トナカイ化粧品のキャンペーンの会議が来週の水曜日に大阪営業所であるんですよね。鎌本さんが同行者になっていますが、まだ出張伝票が出ていないので」

　沙名子が尋ねると鎌本はむっとした。沙名子から目をそらし、怒ったように言う。

「あれは稟議がおりてないんじゃなかった？　キャンペーンがあるかどうか、まだ決定していないんだよね。だから来週にどうなるかわからない」

「そうですか」

　沙名子は言いながら鎌本のデスクに目を走らせる。卓上カレンダーの来週の水曜日の日付に、しっかりと大阪、トナカイと書かれている。営業部のホワイトボードには書かれていないが。

　あとは出すだけの出張伝票を作っておいて――それを出さずに止めておいて、決定していないもないものだ。吉村部長から何か言われたか。鎌本は稟議を承認するという前提で動いている。

　きっと裏がある。沙名子は村岡課長の言葉を思い出す。吉村部長は飴と鞭を使い分ける営業部長だ。ただの意趣返しでこんなことはしない。

営業部販売課の人間は全員、吉村部長の味方である。太陽もそうだが鎌本も、山崎ですらそうだ。経理部員がなんだかんだ言いながら新発田部長に従っているのと同じである。だから格馬はクーデターを起こされても彼らを切れない。

人望――とも違うような気がするが、たたき上げで部長まで行くような人間はしたたかである。

吉村部長は、村岡企画課長などに比べたらやることの幅が広い。

会社から何かを引きだそうとして承認を遅らせている。子どもじみたやり方だが、こういうやり方も営業テクニックとしてあるのだろう。つきあいの長い営業部員は何も聞かなくても察しているから追及しない。

鎌本が話しかけてくるのに適当に答えていたら、会議室の扉が開いた。

中から出てきたのは新発田経理部長、吉村営業部長、大沢総務部長である。会議というより何かの打ち合わせをしていたようだ。

「新発田部長、いいですか」

沙名子は鎌本との話を打ち切って新発田部長に近寄った。

「ん、森若か。なんだ?」

「先日申し上げた企画課の大阪への出張伝票の件です。まだ稟議がおりないので処理ができません。新幹線のチケットだけ、中島さんに先渡ししてもいいですか？　早くしないと席がとれなくなってしまうので」

沙名子は言った。

新発田部長は吉村部長に目を走らせる。吉村部長は部長席につき、山崎に話しかけている。これまでになく機嫌はよさそうだ。

「うん。いいんじゃないか？」

「わかりました」

沙名子は答えた。来週の会議が行われることが確定した。新発田部長も、これが吉村部長のパフォーマンスであるということは承知している。

そのまま少し離れた企画課へ向かおうとしたら、新発田部長から声をかけられた。

「――森若、最近忙しいか？」

沙名子は眉をひそめた。

決算期の経理部が忙しいかどうかなど聞くまでもない。勇太郎も沙名子も美華も真夕も、残業続きで疲れ果てている。先日も、合併に伴う人事異動による人が入ってくるのはいつになるのか、この際新人でもいいという話題になったばかりである。

「はい。早く人が入ってほしいです。以前から言っていることですが」

「そうか。すまんな」

なぜここで新発田部長が謝るのだ。意味がわからない。

企画課で希梨香が沙名子を見つけ、手を振ってきた。沙名子は新幹線のチケットを渡すために、企画課へ向かう。

『吉村さん、希梨香のことはけっこう気に入ってるんじゃないかなー』

スマホ画面の向こうで太陽が言っている。

自宅である。八時からリモートで話しながら食事をする約束をしていたのだが、結局三十分遅れてしまった。ロッカールームで上司の悪口を言い続ける希梨香をかわしきれなかった。

沙名子はローテーブルにアームつきのスマホスタンドを設置している。太陽とリモートで話すため、わざわざ買った。食事をしているときにテーブルにパソコンやスマホを置くのが嫌なのである。

「そうなの？」

沙名子は蒸し鶏《どり》にレモンをかけながら言った。

沙名子の前にあるのは海老《えび》入りの生春巻きとパパイヤサラダと蒸し鶏肉ライス。せっかくデパ地下で買うのなら自分では作れないものがいい。ランチョンマットを敷き、ニョクマムとレモンと粗塩と醬油《しょうゆ》の小皿も添えてある。

太陽のツールはノートパソコンらしく、やや下からのアングルである。缶のままビールを飲み、三本目の焼き鳥を食べている。沙名子が今日はベトナム料理だというと悔しがり、今度梅田《うめだ》でベトナム料理店を探すと言っていた。

『だって話に出てくるもん。吉村さん、興味ない社員の名前覚える気ないんだよ。得意先の名前覚えるので記憶力尽きてるから』

「わたしは覚えられてるわよ」

『そりゃ沙名子はさー』

「怖いと言ったら切るよ」

脅すと太陽はニヤニヤした。とりあえず怖がってはいないのでほっとする。

『吉村さんて無茶ぶりするんだけど、なんか逆らえないんだよな。こないだも電話で話したよ』

「電話？　なんで」

『何か仕事あって大阪営業所にかけてきて、俺に代われって。別に用事はなくて、元気でやってるかーみたいな。もうすぐ鎌本さんが会議で大阪来るんだって。せっかくだから飯奢《おご》ってもらえって言われた』

「面倒見がいいのね」

やはり吉村部長は仲間意識が強い。社員の名前は覚えないが、異動した部下には用事がなくても電話で話す。太陽は特に気に入られているようである。もっとも太陽を気に入らない人間はいないが。

「その電話来たのっていつの話？」

ふと気になって沙名子は尋ねた。

『先週の半ばくらいかな？』

希梨香が出張申請をしてきたのは今週になってからだった。

吉村部長は希梨香よりも早く鎌本の担当を決め、会議に出席させる気でいた。なんのことはない、最初からキャンペーンを承認するつもりだったのである。見た目R2－D2のくせにもったいぶって、食えない営業部長である。

……先週の半ば？

妙な感触がした。

先週の水曜日、沙名子は初めての経営会議に出席した。

沙名子は会議で、トナカイ化粧品の在庫は処分したほうがいいという試算を出した。そこを押して販売に踏み切ったのは、格馬がトナカイ化粧品を評価していて、負担を押しても販売する経営的な判断があるのだろうと思ったものだが。

特に考えるまでもなく、会議の直後にキャンペーンをするという結論になったわけか。

おそらく全会一致だ。誰も反対していない。

というわりには、吉村部長は村岡企画課長に、経理部が販売に反対したと言っていた。

処分に傾いている資料を村岡課長にちらつかせて、承認するまでの時間稼ぎの材料として使ったわけである。

　まさかと思うが――。

『――あ、そうだ。ゴールデンウィーク、やっぱり仕事入った。どうしてもそのあたりで回らなきゃいけないところがあって』

　太陽は楽しそうに喋っていた。沙名子は我に返り、がっかりするのを押し隠して言う。

「――そうか。仕方ないね」

『でさ、俺、夏のキャンペーンの担当になったって言ったじゃん。そのあとで東京出張があるんだよ。せっかくだから次の日休みとって泊まろうと思って。沙名子も有休とってどっか行かない？」

「行く。日程わかったら教えて」

『嬉《うれ》しい？　俺すっげー会いたいけど』

　太陽は目を輝かせて沙名子を見ている。

　電話やらビデオ通話アプリやらを使って、むしろ転勤前より話しているだろうがと言ってやりたいが、頰《ほお》に血がのぼってしまった。沙名子はビールを飲むふりをして横を向いた。

「──勇さん、いいですか」

声をかけると、勇太郎は顔をあげた。

経理室から少し離れた場所にある、パーテーションで仕切られた会議スペースである。勇太郎は根を詰めて集中するときはここで仕事をする。

「何、森若さん」

「トナカイ化粧品の資産表の数字ですが」

沙名子はファイルからA4の紙を取り出し、テーブルの上に置いた。

会議で提出した、トナカイ化粧品の合併に際してかかる経費の試算表である。

科目ごとの数字を出すのは美華もやったが文責は沙名子だ。これまでも決算と試算はしてきたが最終的な責任者は勇太郎だったので、沙名子にとっては初めての経営資料の作成ということになる。

資料のいくつかの数字には赤で線が引かれ、新しい数字が書き込まれている。今日、出勤してすぐに計算し、書き直した。

「──何か」

勇太郎が尋ねた。沙名子は覚悟を決めて息を吸い込む。

「わたしの作った資料に間違いがありました。単純な計算間違い、ケアレスミスです。おそらく計算式を間違えたのだと思います。このまま経営会議に提出してしまいました」

沙名子は言った。

勇太郎はすぐに思い当たったらしい。資料を見ながら手を振った。

「え——ああ、そのことか。大丈夫わかってるから。俺が気づいてすぐあとの会議で訂正したから、経営陣には正しい数字がいっています」

「——すみません」

「いや、俺のチェックが甘かった。そういえば言うのを忘れてたな。新発田部長からは何も指摘はなかったですか」

「ありません」

勇太郎は苦笑した。

「森若さんが間違えることなんてないからな。俺も珍しいと思ったよ」

「すみません。今後気をつけます」

「二回以上謝らなくていい。仕事して」

「はい」

勇太郎にとっては沙名子の計算間違いなどささいなことのようだった。何百万円という金額だが、会社全体で見ればそれほど大きい数字ではない。勇太郎なら正しい数字はすぐに出せる。直後に訂正したのなら、経営判断への影響も出ない。

しかし沙名子にとってはショックである。

入社して以来、計算間違いなどしたことはなかった。暗算も電卓を叩くのも表計算ソフトの計算式の入力も、ミスに気づくためのチェック方法も、自分なりのやり方を確立してきたつもりだったのに。出した数字が正しいと思うからこそ、年上の幹部社員にも対等に要求できたのに。

これは太陽がいなくなったせいなのか、それとも太陽がいるせいなのか。主任に抜擢され、自分でも知らないうちに思い上がっていたのか。

主任になって最初の、会議へ出す書類でミスをしてしまうとは……。

しかもトナカイ化粧品の在庫を販売するか、処分するかという判断のかかった局面で。沙名子の資料では処分したほうがいいという結論になっていたが、間違いだった。維持費と労務費を差し引いても販売したほうが利益になる。勇太郎が訂正したので販売経営陣はキャンペーンに踏み切ったのだろう。

キャンペーンの稟議については今朝にチェックをした。吉村部長の承認は当然のように出ていた。鎌本の出張伝票の申請も出ていた。希梨香たちは何ごともなく大阪の会議に出席する。

トナカイ化粧品は安価で高品質のオーガニック化粧品である。年配の女性を中心とした根強いファンがいる。経営が傾いたのは二代目社長、戸仲井大悟をはじめとする経営陣の甘さのせいだ。そこを見直して経理的な問題をクリアすれば、キャンペーンに踏み切るのに問題はない。

——吉村部長がキャンペーンを承認しない理由として、沙名子の最初の資料を使ったこと以外は。

「気にすることはないですよ。間違いは誰にもあるから」

沙名子が落ち込んでいるのを見てとったのか、珍しく勇太郎が慰めるようなことを言った。

「勇さんにもあるんですか」

「あるよ」

勇太郎は簡単に言った。

あるのか。きっと反省する必要などない単純なミスなのに違いない。沙名子は理不尽に勇太郎が憎らしくなる。不倫男のくせに罵《のの》りたくなる。

「あ、それから森若さん、人事の件だけど、部長から聞いた？」

経理室へ向かおうとしたら、勇太郎が尋ねた。

そういえばそろそろ、新入社員が社員研修から帰ってくるころである。

「聞いていません。決定事項がありましたか」

「いや、経理部は当分、今のままの体制でいくらしい。増員は来期だな。販売課は三人増えることになったけど」

「――販売課がですか。三人？」

「吉村部長の粘り勝ちらしい。キャンペーンもあるしな。元トナカイ化粧品の社員が入ったほうが販売しやすいという判断らしい」

「わかりました」

経理室に戻りながら、先週の会議のあとのことを思い出した。

あのとき新発田部長は唐突に、沙名子に尋ねてきたのだ。

森若、最近忙しいか？

新発田部長は吉村営業部長、大沢総務部長との会議を終え、会議室から出てきたところだった。大沢総務部長は人事担当でもある。吉村部長はやけに上機嫌だった。新発田部長は今考えると少し沈んでいた。

はいと答えたら新発田部長は謝った。すまんな、と。

そういうことだったのか――。

沙名子は歩きながら思い当たった。

今期の経理部に、トナカイ化粧品からの配属がないということが決定した。その人員は営業部へ行くのだ。

あるいは新発田部長が沙名子のケアレスミスを指摘できなかったのも、沙名子にすまないという気持ちがあったからかもしれない。

キャンペーンをやると言うのなら、トナカイ化粧品から人員を配属してください。営業部長として、うちの部員をこれ以上動かすことはできません。このままではこのキャンペーンを承認することはできませんよ――。

吉村部長なら言いそうなことである。あるときは穏やかに、あるときは威圧的に、不機嫌になったり上機嫌になったり、目的のために態度をころころ変えるのである。

吉村部長はキャンペーンの承認を楯《たて》にとって、ギリギリの攻防を重ねていた。子どもじみた――だが有効な方法で、営業部員の増員を勝ち取った。

村岡課長やほかの社員に尋ねられたら、訂正前の書類をちらつかせて経理部の判断に従っていると言えばいい。機密書類だから詳細な数字のチェックはできないし、数日だけ引き延ばして周囲を根負けさせることができれば成功なのだから、周到な言い訳を用意する必要はない。もしも責められたら、訂正前の書類があったから間違えたのだとのらりくらりとかわせばいい。

小狡《こずる》い手段だ。しかしそもそも計算ミスをしたのは沙名子だ。それが悔しい。おかげで経理部の増員が飛んでしまった。

そう思ったとたん、沙名子は新発田部長に腹が立った。

新発田部長は何をしていたのだ。これだから個人主義者というやつは。自分のことばかり考えて、やることの幅がなさすぎる。

数字だけを見ていないで空気を読め。キャンペーンなんてやらんでいいと突っぱねろ。吉村部長の弱みをつかんで脅して、ダメなら泣き落としでもなんでもして、せめてひとりは経理部にくれと言え。格好つけてないで汗をかけ。部下のために会社に対して駆け引きしろ。

吉村部長はキャンペーンが始まると聞いて、営業部員増員のチャンスと思ったことだろう。沙名子の間違えた資料を見て使えると喜んだことだろう。勝利にほくそ笑みながらキャンペーンの承認ボタンを押しただろう。ささやかな勝利であっても勝ちは勝ち。社内権力巻き返しへの第一歩だ。

沙名子はゴールデンウィーク前に圧迫してくる今日の仕事を思い出し、唇を嚙《か》んだ。

「だから、このキャンペーンは我が社のですね――」

沙名子が伝票の確認のために企画課のフロアへ入っていくと、隣の販売課から声が聞こえてきた。

声の主は鎌本である。先日会議から帰ってきたばかりだ。最近は珍しく仕事にやる気になって、頻繁《ひんぱん》に大阪とやりとりをしている。

販売課のフロアでは全員が立って鎌本を見つめている。隣にいるのは吉村営業部長。外回りを始める前の挨拶《あいさつ》と事務連絡をしているらしい。

「今日は長いんですよ。新製品の発売前はいつもやるんですけど」

こっそりと言ってきたのは企画課の相馬緑《みどり》である。

緑は手にポスターとパンフレットの草案を持っている。トナカイのキャラクターが赤い瓶と天天石鹸を持っている姿だ。希梨香がお気に入りのデザイナーに描かせたもので、なかなか可愛らしい。緑は希梨香と一緒にトナカイ化粧品の企画を任されているのだが、育児中で時短勤務なのであちこちとの折衝は希梨香に任せ、事務的な仕事の担当になっている。

鎌本の話が終わると、吉村部長が山崎をうながした。

「山崎、何か言え」

「え、ぼくですか」

山崎は意外そうに眼鏡の奥の目をぱちくりさせた。吉村部長がうなずき、販売課員は山崎に注目する。

「えーと、ぼくはトナカイ化粧品が好きですよ。天天コーポレーションは面白い選択をしたと思います。その面白さを使う人に教えることができたら、何か化学変化が起こるんじゃないかなって」

山崎は訥々《とつとつ》と言っている。トナカイ化粧品のキャンペーンに山崎は関わっていないはずなのに、吉村部長のやることは相変わらずわからない。

山崎の隣には初めて見る背の高い男が、冷めた表情で立っている。見回すとほかにふたり、見慣れない男性がひとり、女性がひとり、緊張した面持《おもも》ちで立っている。おそらく元トナカイ化粧品の営業部員だろう。

女性はベージュのジャケットとパンツを身につけ、スニーカーを履いていた。真剣なまなざしで山崎を見ている。

彼女は事務担当ではなく外回り担当のはずだ。男性が優位な営業部販売課の中で合併先からの女性の立場は複雑そうだが、それでも女性を入れるあたり、吉村部長も変わろうとしているのか。

「じゃ行くぞ！　在庫余ってるんだからな。売れば売るほど利益になる。ごちゃごちゃ言わず、売って売って売りきれよ。天天コーポレーション営業部販売課の意地を見せろ。頼むぞ！」

吉村部長がどこの悪徳企業かというような演説で気炎をあげる。

沙名子は伝票の確認を終え、経理室へ向かって歩き出した。

第二話
なしくずしに宿泊所代わりにされてたまるか！

　ゴールデンウィーク明けの五月の午後、沙名子《さなこ》が経理部のデスクで仕事をしていると、製造部の鈴木《すずき》と槙野《まきの》が入ってきた。

　鈴木宇宙《うちゅう》は三十代半ばの製造課長、槙野徹《とおる》はトナカイ化粧品から合併に伴って入ってきた三十代後半の平社員である。

　製造部の日常的な勤務は静岡にある工場と倉庫だが、営業部や開発室との打ち合わせが多いので月に一度は東京へ来る。最近は特に会議が頻繁《ひんぱん》なので、鈴木は月の半分は本社にいると思う。

「麻吹《あさぶき》さんはお休みですか？　質問事項をメールでもらったんですが」

　鈴木が尋ねた。

　経理部にいるのは新発田《しばた》部長と沙名子と真夕《まゆ》である。真夕ははっとしたように鈴木に目をやり、慌てて目をそらしている。

　鈴木はいつも作業着を着ている。長身で眼鏡をかけた、いかにも理系といった線の細い男だ。数字に強くて感情の浮き沈みがない、やりやすいタイプである。

　幼いころから肌が弱くて天天石鹸《てんてんせっけん》を使い続けてきたので、天天コーポレーションの製品――特に石鹸への並々ならぬ愛情と誇りがある。現地採用の工場長や非正規を含む工員たちの待遇改善にも積極的だ。原材料の確保や工場のラインの管理が完璧で、工員たちが気持ちよく仕事をしているのは鈴木の目が行き届いているからである。

そしてその優秀さと製品への愛着をいいことに、姉崎《あねざき》製造部長にいいように使われているような気がしなくもない……。

「麻吹さんは社内にいますよ。小会議室で仕事をしているのかもしれません。戻ってきたら携帯に連絡さしあげましょうか」

「お願いします。——あ、森若《もりわか》さん、紹介しておきます。槙野徹さん。春から製造部の配属になったんです。もとはトナカイ化粧品の総務部にいた方です。これからはぼくに代わって本社に来ることも多いと思います」

「存じています。経理関係でお世話になりましたから」

「あ、そうでしたね」

「森若さん、佐々木《ささき》さん、ご無沙汰《ぶさた》しています」

隣にいる槙野が言った。

槙野はトナカイ化粧品の元総務課長で、経理担当でもあった。責任感の強い男で、合併の前の数年、その前からの赤字経営をなんとか立て直すことができたのは彼がいたからである。赤字の原因でもあった——裏帳簿を作成していた槙野の上司は、合併を機にあっさりと退職してしまった。

槙野が経理部に来たら楽になると期待していたのだが、配属されたのは製造部だった。これればかりは仕方がない。

「今は静岡なんですか？」

沙名子は言った。

槙野は変わったと思う。スーツの胸もとに下がっているスマホは相変わらずだが、以前よりも明るい雰囲気になった。トナカイ化粧品にいたときの重責から解放されたからか。意外と天天コーポレーションの社風が合っているのかもしれない。

「はい。社員寮にいます」

「ということは——単身赴任は決定ですか。槙野さん、東京に奥さんとお子さんがいらっしゃいましたよね」

真夕が尋ねた。槙野は子煩悩《こぼんのう》の家庭人である。この半年というもの経理部に頻繁に来ていたので、雑談好きの真夕はいろいろと聞いている。四歳の息子の写真を見せてもらったこともある。

「そうですね。工場勤務は面白いですよ。石鹼の製造は奥が深いです」

槙野が言うと、鈴木がすまなそうな面持《おもも》ちで槙野に顔を向けた。

「東京の人がいきなり静岡工場に配属だから申し訳ないんですけど、槙野さんにはぼくも教えられることが多いし、助かってるんですよ。もしも家族に何かあったり、事情があるのなら配慮しますから言ってください」

「とんでもないです。今はまず仕事を覚えないと」

年下の鈴木のほうが上司ということになるが、鈴木と槙野の相性は悪くないようだ。ふたりともに真面目《まじめ》で働き者なのを知っているだけによかったと思う。

話をしていたら経理室に勇太郎《ゆうたろう》と美華《みか》が入ってきた。美華は勇太郎の担当の一部を引き継ぐことになっているので、最近はよく一緒に仕事をしている。

「田倉《たくら》さん、槙野さんのことはご存じですよね。あらためてご挨拶《あいさつ》を」

「どうも。よろしくお願いします」

勇太郎は言った。そっけないのはいつものことなので誰も気にしない。美華がファイルを手に鈴木と槙野に近寄っていく。


「——織子《おりこ》さん、やっぱり別居確定だって」

ロッカールームのソファーで希梨香《きりか》が話している。

沙名子は私服を手にして、ロッカールームのカーテンに仕切られたスペース——試着室の空きを待っている。定時で帰れるのは嬉《うれ》しいが、ロッカールームが混むのだけは煩《わずら》わしい。

希梨香は制服を着ないのでコートが不要になる季節にロッカールームを使う必要はないのだが、残業が少ない時期は帰り際によく会う。化粧を直しながらほかの女性社員たちと社員の噂話《うわさ》をしていくのが日課なのだ。沙名子は着替えたらすぐに帰るので、どれだけ滞在しているのかわからない。

「それどこの情報？　皆瀬《みなせ》知也《ともや》のブログ？」

総務部の女性が尋ねた。

ソファーの前のミニテーブル——というより卓袱台《ちゃぶだい》に近い——の上には、誰かの出張帰りの土産《みやげ》らしい個包装の饅頭《まんじゅう》が置いてある。さらに言えば話の内容は彼女たちの大好物、皆瀬織子である。

織子は天天コーポレーションきっての有名人だ。天天コーポレーション広報課長、お風呂ソムリエの肩書きでテレビ番組をはじめとするメディアに露出しているのである。

出始めた当初は温泉やお風呂、石鹼の効能についての専門知識を披露していたが、最近は三十代の女性管理職としての意見を語ることもある。美人なのと語り口がいいのとで人気があるし、天天コーポレーションとしてもイメージアップになるので出演には好意的だ。

それだけなら大した話題にはならないが、最近、織子は夫と仲が悪い。

アマチュアの映画監督である夫が、ブログにひとり暮らしになったと書いたのが去年の秋だ。載っている室内の写真は変わらないので、織子のほうがマンションを出ていったということになる。住民票は変えていない——定期代はそのままだが、乗り降りする駅は変わったらしい。

──今ね、知也に離婚を切り出しているんだけど、このままだと調停や裁判になるかもしれないのね。

皆瀬知也のブログに書かれたのと同時期に沙名子は織子から直接そう聞いた。沙名子が撒《ま》いた種なのだが、そういうことを聞かされるのにも抵抗があった。皆瀬知也の浮気の証言などをさせられる前に早く離婚してくれと思う。

やっと試着室が空いた。沙名子は私服を持って中に入る。

「違う違う。相馬《そうま》さんがゴールデンウィーク中にスーパーで見かけたんだって。野菜とかお肉とか買ってたって。織子さんと皆瀬知也のマンションて天王洲《てんのうず》でしょ。練馬《ねりま》で食材買うのっておかしいじゃん」

希梨香は遠慮のない声で喋《しゃべ》っている。ロッカールームの中にいるのは、希梨香たち以外には沙名子だけである。

「練馬のどこ？」

「夢《ゆめ》が丘《おか》公園のそばだって」

おおーと女性たちは声をあげたが、ひとりが不思議そうに反論した。

「あのへんあたしの友達が住んでるけど、一戸建てが多いよ。休日とか家族連ればかりだし。別居するにしてもなんで練馬？　織子さんなら違うところに住みそう」

「一戸建て欲しがってるとか？」

「ひとり暮らしで？」

「もしかして織子さん、もう新しい相手いるんじゃないの」

「いくらなんでも……って思うけど、織子さんだからなあ」

「最近元気ないよ」

「それでもめちゃめちゃ綺麗《きれい》だよね」

沙名子は着替えを終えた。噂話など聞かなかったことにして試着室を出る。髪を梳《と》かしてマスクを装着し、バッグを持ってドアへ向かった。

「森若さんはどう思います？　織子さん、まだ旦那《だんな》さんのこと好きだと思います？」

ドアを開けようとしたら希梨香が話しかけてきた。

「わたしにはわからないわ。——じゃお先に」

沙名子は言い置いてロッカールームを出た。


夢が丘公園——と……。

帰路に電車に揺られていたら、嫌なことを思い出した。

一昨年《おととし》の秋、沙名子が告発した事件のことである。

製造部の男だった。熊井良人《くまいよしと》——彼は、原材料費や機械製造の工場と契約を更新するにあたり、自分の口座に割戻金を振り込ませていたのである。

業務上横領《おうりょう》。口に出したくない言葉だが認めないわけにはいかない。私物の領収書を経費で落としたり、出張を長くして出張費を多くせしめたりするのとはわけが違う。

熊井は勇太郎の親友だった。おそらく今もそうである。練馬——夢が丘公園のそばに家を買い、家族で住んでいた。子どもが病気になって妻が仕事を辞め、単身赴任になったあとは毎週のように家に帰っていた。

家族思いの男だった。単身赴任の二重生活でお金もかかったのだろう。彼は一戸建ての家を維持するため、家族のため、子どもたちのために会社のお金に手をつけたのである。

懲戒解雇でなく自主退職になったのは社長の温情だ。その後どうなったのかは知らない。おそらく家は売ったのだろう。勇太郎によればふたたびどこかで問題を起こしているようだが、沙名子には関係ない。金銭の癖は直らない、繰り返すのだと再認識しただけだ。

そして熊井の最寄りの駅の反対側に、勇太郎の住むマンションがある。

勇太郎と熊井家は家族ぐるみで仲がよかった。単身赴任中の熊井に代わり、近所に住んで子どもの面倒をみるほどに。勇太郎は熊井のことを親友以上の恩人だと思っている。

優秀な経理マンである勇太郎が金銭にルーズな熊井と親友というのも、何かの皮肉のようである。

勇太郎が皆瀬織子と不倫の関係になったのは、熊井のことが関係あるのか——。

駅の改札を抜け、食品売り場を歩きながら沙名子はやるせない気持ちになる。

沙名子もあのときは辛かった。熊井はだらしないだけで悪い人間ではなかった。自分がひとつの家族を崩壊させたと思ったとき、太陽《たいよう》がそばにいてくれたのは幸いだった。あれで落ち着いた——どころか、うっかり好きになってしまった。

皆瀬織子が勇太郎のマンションの近くのスーパーで食材を買っていたなどと、できれば知りたくなかった。

ふたりはまだ続いているのか。まさかと思うが一緒に住んでいるわけではないだろうな。

織子は沙名子に離婚が成立するまで勇太郎と会わないと約束したのだが、守る気はなかったということか。

織子は口約束を軽くみるし、恋情に流されればそんな約束は小さなものなのかもしれない。沙名子も完全に信じていたわけではない。不倫を続けるなら周囲の目に気をつけろ、どちらかが辞める必要が出たなら織子のほうが辞めろと思うだけである。

——と頭では決着がついていても、勇太郎のことが気にかかるのはどういうわけか。

経理部員のロールモデルとして、完璧であってほしいと勝手に期待しているのか。それはそれで自分の信条に反する。

食品売り場の向こうに寿司屋が見える。イートインで中に入ることもできる、沙名子の唯一の行きつけの店である。

今日は平日だし、何かいいことがあったわけでもない。久しぶりにゆっくりと映画を観《み》るつもりだったのだが。

暖簾《のれん》の奥を見たら、カウンターの内側にいる白い仕事服を着た男性と目が合った。

「――いらっしゃい」

顔を見るまでもなくこの声は椙田《すぎた》である。低くてよく響く美声だ。疲れた耳に染み渡る。ずっと聞いていたい。

沙名子は数秒迷ったのち、暖簾をくぐって店内に入っていった。


「森若さん、この出張伝票、おかしくないですか？」

沙名子がデスクでパソコンに向かっていると、美華が声をかけてきた。

「あ――はい。誰のですか？」

沙名子は答えた。

なんとなく仕事に身が入っていなかった。こういうときはたまにある。怒濤《どとう》のような決算期とゴールデンウィークを過ぎ、緊張が緩んでいるようだ。真夕も同じなようで、先月に比べるとのんびりしている。

しかしあえてモードを変えるつもりもない。ずっと張り詰めていると弾力を失う。経理部は忙しいときとそうでないときの落差が激しい。ゆっくりできるときに気を緩めるのは特権のようなものだ。

昨晩見たのは評判通り難解な映画だった。ぼんやりしているとついつい考察してしまう。早く家に帰って二回目を観たい。

陽射《ひざ》しは柔らかく、開けた窓から五月の風が入ってくる。

「製造部の槙野徹さんです。三月ごろからの出張伝票を見てください」

美華がてきぱきと言った。

美華だけは緩急がない。時間があるときは何かしらファイルや伝票を確認し、問題点や今後の課題を洗い出そうとする。

「槙野さんですか。三月というともう製造部に配属になっていますね。本社への出張ですか？」

沙名子は言った。製造部は工場の統廃合があるので忙しい。槙野は製造部員としては新人だが、もともとの能力が高いのか、即戦力として働いている。

「そうです。三月からゴールデンウィークを挟んだ今日まで、二カ月半の出張です。頻繁すぎませんか？　そのわりにまったく顔を見ませんでした。今週の月曜日の伝票を見てください」

沙名子は経理システムを起動し、槙野のページを開いた。

槙野は三月に二回、四月に六回。五月になってからは二回、日帰り出張している。

出張の内容は、本社の仕事引き継ぎと鈴木の会議への帯同、機械製造工場との折衝などだが、一番多いのはトナカイ化粧品の工場の整理と倉庫移転準備である。天天コーポレーション製造部は川崎《かわさき》にあるトナカイ化粧品の倉庫と工場の一部を静岡に移そうとしており、槙野はその準備に関わっている。もともとトナカイ化粧品の総務課長で、実情に詳しいのだから適任だ。

出張伝票は正しい。槙野はもともと経理を担当していただけあって、違うフォーマットであっても戸惑うことはないようだ。

沙名子は伝票を開き、チェックをする。

「間違いはないようです。鈴木課長も姉崎部長も承認していますし。本社に顔を出さなかったのは、神奈川の工場へ直接行っていたからではないでしょうか」

「でも日帰り出張なんですよ」

「日帰りがおかしいですか？」

沙名子は尋ねた。

出張伝票で警戒するとしたら泊まりのほうのはずである。

天天コーポレーションの出張手当は日当が二千五百円。泊まりだとそこに宿泊費の一万円が上乗せされる。ホテルはその一万円を使って各自でとる。足りない分は自腹だが、安いホテルに泊まって残りを自分のものにすることもできる。

宿泊の出張のとき、安めのビジネスホテルにして差額を小遣いにしている部員は多いと思う。太陽もそうだし、そのことは問題ではない。日帰りでいい出張なのに宿泊費目当てで一泊する営業部員がいることを除けば。山崎《やまざき》が石鹼の納入と打ち合わせのために四泊の出張申請をしてきたときは、さすがに部長経由で注意をした。

泊まりでもいいのに日帰りにしているというのは、むしろ槙野の実直な性格の現れではないか——と思ったところで、槙野が単身赴任だったことを思い出した。

単身赴任者が自宅のある圏内に出張するときは宿泊費は出ない。

「——槙野さん、そういえば単身赴任でしたね」

沙名子が言うと美華はうなずいた。

「先週と今週の出張ですが、金曜日に日帰り出張して、月曜日にまた日帰り出張をしています。変ですよね。単身赴任者だったら金曜日に出張したら土日は自宅に帰るでしょう。そして月曜日にまた仕事をして帰ってくればいいんです。何も金曜日と月曜日に日帰りしなくても」

「確かに。でも個々の事情はあるわけですから。川崎の工場から自宅まで遠いのかもしれないですし」

「槙野さんの自宅はわかっています。雑談をしているときに話に出ました。川崎からだったら約一時間。圏内の距離です。槙野さんはお子さんも小さいですし、金曜日に近くに来ていて、月曜日にも仕事があるなら静岡に戻りませんよ、普通は」

「それは美華さんの推測にすぎません」

沙名子は言った。

こういうことに普通はない。仕事や家庭への向き合い方は人それぞれである。次の出張へ向け静岡でやることがあるのかもしれない。公私混同したくないのかもしれない。会話の端々から槙野が家族思いだと思いこんでいるが、冷え切った家庭である可能性もある。

美華は首を振った。

「一回ならそう思えますけど、もしかしたらと思って、槙野さんの有給休暇を調べてみたんです。四月の最初の週を見てみてください。このときは火曜日と金曜日に日帰り出張なんですが、水曜日、木曜日と有給休暇を取っているんですよ。三月までは泊まりの出張もあったけど、四月は日帰りばかりです。それも有給休暇や休みとつながったものが多いです。ゴールデンウィークの前日も日帰り出張しています」

だんだん美華の言いたいことがわかってきた。

二回の日帰り出張をするのはわかるが、間に有給休暇を取り、静岡で過ごす理由がわからない。泊まりの出張にすれば三泊、東京の自宅で過ごすことができる。

確かに槙野の経理ページには日帰りの出張申請が多い。帰宅が深夜になるものもある。

数回は泊まりにしていてもおかしくない。

「美華さんは、この出張はおかしい——空出張だと思っているわけですか?」

「出張に行っていないとは思っていません。ただ、一回目と二回目の出張の間に、本当は自宅へ帰っているのに、あえて日帰り出張にしているのではないかと。どっちみち宿泊費が出ないので、宿泊で申請する必要はないですからね」

「二日とも静岡への日帰りにすることで槙野さんにメリットは?」

「三つあります。ひとつ目は、二回目の工場への出勤を遅くできること。朝に自宅でのんびりできますよね。一回目の退勤も早くするか、定時でも静岡への帰宅時間までの残業代が出ます。

ふたつ目は交通費です。宿泊にせず、日帰りを二回にすることで往復一回分が浮きます。往復一万二千円。新幹線のチケットは経理部から出ますが、金券ショップで換金できます。

三つ目は単身赴任者用の帰省用の交通費です。一年に四回、帰省手当とは別に交通費が支給されます。年度の一回目はゴールデンウィーク、つまり半月前で、槙野さんはその前日に日帰り出張をしています。そのまま家に行けば交通費の二重取りができるわけです。なお帰省に伴う交通費は、たとえ新幹線の距離であっても実費です」

「——なるほど」

沙名子はつぶやいた。

つぶやくことくらいしかできない。往復一万二千円——営業部員がホテル代を節約して宿泊費を小遣いにするのと大して変わらない。

これが金曜日か月曜日かのどちらかだけなら、出張にかこつけて自宅に帰っていたというだけで終わる。おそらくゴールデンウィークの前の日帰りはそうだろうが、だからといって帰省手当を減らすという規定はない。うまく仕事を調整して、前日か翌日に出張を入れている単身赴任者もいるのではないだろうか。

天天コーポレーションの出張の規定はあいまいである。七時以降に家を出る、二十時までに帰ってこられるようなら日帰り、といちおうの規定はあるが、仕事の時間が読めないと言われたら強制はできない。同じようにこれなら泊まりでもいいでしょうと言うこともできない。

「どちらにしろ単身赴任の人が自宅の近くまで何回も来ているのに、家族に会わないで帰るのは不自然だと思います」

「常習ですか？」

「似たようなものは見た限り三回です。ほかにもあるかもしれないです。わたしは現在忙しいので、まだ精査できていないのですが」

「でしたらしばらく様子を見ましょう」

沙名子は言った。

槙野は合併前のトナカイ化粧品で、有給休暇をまったく取らず毎日深夜まで働いていた。良くも悪くもぬるま湯のような天天コーポレーションに来て、反動のようなものが出てもおかしくない。

単身赴任になったあと、いいやり方を見つけた、東京の自宅に泊まれた上、一万二千円の小遣いができると喜んでいるレベルなら、軽く釘《くぎ》を刺せばやらなくなる。新発田部長は、今後やらないのなら見逃すと言うだろう。

しかしタイミングだけは見計らいたい。槙野は新しい仕事に対する意欲がある。必要以上の反感を持たれないようやんわりと知らせたい。

「鈴木さんに尋ねてみなくていいのですか？」

「伝票に不備がないので尋ねる理由がありません」

「でも、配属されたばかりでこれは」

「もしもそうだとしても、鈴木さんは承知しているでしょう。有給休暇申請を受理していますから。勝手に出張の日付を決める権限は槙野さんにはないと思います」

「そのほかにも経費を使いすぎですよ。伝票は通ってますけど、全体的に金遣いが荒いというか。必要があるのかどうか疑問のものもあります」

「――あたし、郵便局に行ってきまーす」

真夕が立ち上がった。何か言い争いがあるときは席を外すのである。真夕は槙野とも鈴木とも仲がいいので、悪口めいたことを聞きたくないのだろう。

経理部にいるのは勇太郎と新発田部長である。勇太郎は積み上げられたファイルの書類と見比べるようにパソコンへ向かい、新発田部長は新聞を読んでいる。

「――ここだけの話ですけど、森若さん。一昨年の秋、製造部で業務上横領の事件があったそうですね。ご存じですか」

真夕がいなくなると美華は急に声をひそめた。

「知っています」

沙名子は答えた。

知っているもなにも熊井良人を告発したのは沙名子と勇太郎である。当時は社内で大騒ぎになった。美華も製造部の担当ならどこかで話くらいは聞くだろう。

「彼は家庭のある人だったそうですね。単身赴任による二重生活と、頻繁な帰省で生活が困窮《こんきゅう》し、横領を重ねていたのだとか。偶然にも彼も中途採用です」

「そうですが、槙野さんとは何の関係もありません」

「もちろんそうです。ただそういう可能性があるということは頭に入れておいたほうがいいと思います。製造部は扱う金額、個人に任される裁量が大きい。最初は家庭のためかもしれませんが、放置すると何につながるかわかりません。穴は小さいうちにふさいでおいたほうがいいんです」

美華は沙名子に向き直り、きっぱりと言った。

「槙野さんはトナカイ化粧品の経理システムを構築した人です。トナカイ化粧品の最後の三年間の経理も担当していました。槙野さんが担当になる前はひどい赤字経営だったということはわたしも知っています。健全体質に戻したのはすばらしいことだと思いますが、裏を返せばいろんな抜け道を知っている、お金の流れを把握することができる人でもあります」

「——同意します」

沙名子は認めた。美華は槙野が嫌いなわけでも、沙名子を屈服させたいわけでもない。正義の女神に忠実なだけだ。

トナカイ化粧品にいたときの仕事ぶりを知っているだけに沙名子としては信じたいのだが、槙野は秘密を隠す人間である。経理に明るいということを考えると不安ではある。

熊井良人は経理には疎《うと》かった。横領も雑なやり方で、沙名子が気づいたあとは精査するまでもなく露見した。やるならもっと丁寧にやれよと理不尽に腹が立ったりしたものだ。

熊井の横領を画策したのが勇太郎だったなら、沙名子に見破ることはできなかったと思う。

「わかりました。見てみます」

「お願いします」

沙名子は言った。勇太郎がファイルを手に、やや乱暴に経理室を出ていく。

午後の仕事が一段落ついたあと、沙名子はハーブティーを飲みながら、あらためて槙野の経理ページを開いた。

美華の言うとおり槙野の出張は多い。当然である。ふたつのメーカーが合併したのだ。トナカイ化粧品の工場は川崎、天天コーポレーションの工場と倉庫は静岡にある。経営者は数字だけを見て指示すればいいが、現場は個々の事情を知った上で統廃合を実行しなければならない。製造部では決めることも打ち合わせることも山積している。

槙野の出張は三月に二回。四月に六回。五月になってからは二回である。その二回が先週の金曜日と月曜日ということになる。

ゴールデンウィークの週は寸前の日に日帰り出張している。出張にかこつけて帰省のための交通費を節約したとも言えるが、これは目をつぶる範囲内だと思う。

美華が言う、休日を挟んでの日帰り出張は四月に二回、五月に一回である。三月は泊まりが多いが、四月から急に日帰りばかりになっている。

——三月は言われるままに仕事をしていたが、関東出張を繰り返すうちに、ごまかすやり方を考えついたか。

そのほかの経費の無駄遣いというのは美華の言うほど大きなものではなかった。化粧品、石鹼などを研究資料費として買っているくらいだ。女性用の高価な化粧石鹼も混じっているが、製造部に配属されたばかりということを考えるとこれも範囲内か。鈴木も姉崎も承認している。

五月分のこれからの出張申請は来週の火曜日である。

午前中に川崎工場での統廃合についての打ち合わせ、午後に本社での会議。ふたつも用件を詰め込んだのだから泊まりにすれば承認されるだろうに、これも日帰り出張である。これらだけを見ていたら、むしろ家に帰りたくないかのようだ。

「真夕ちゃん、槙野さんがご家族とうまくいっていないとか聞いたことある？」

沙名子は向かいでファイルのチェックをしている真夕に尋ねた。

真夕は首をかしげた。

「聞いたことないですねえ。いい家族そうでしたよ。スマホの壁紙はご家族三人で撮ったものでしたし。しょっちゅう替えるんですよ。どんどん成長するから追いつかないって嬉しそうに言ってました」

「何かお金のかかる趣味を持っているとか？」

沙名子が知る限り槙野は贅沢《ぜいたく》な人間ではなかった。持っている電子機器は古いし、スーツも靴も量販店のものだと思う。国産の高価な腕時計をしていたが、これは元社長の戸仲《となか》井大悟《いだいご》が結婚するにあたってプレゼントしたものらしい。

熊井は大きな趣味はないが、小さな贅沢を我慢できない男だった。分不相応な家を買い、子どもを有名な私立の小学校へ行かせ、飲み物が一杯千円のカフェに日常的に入る。スマホは常に新しく、靴やスーツもいいもので、本社へ来るときは高級なお菓子の手土産を必ず持ってきていた。

「槙野さん、合併する前もあとも忙しすぎて、趣味なんかやる暇ないんじゃないですか。あえていうならパソコンは好きみたいでした。家にはけっこういいのがあるとか、自分で組み立ててるとか言ってましたよ」

「自作ＰＣの組み立てか……」

「槙野さんは単身赴任といっても寮生活だから、そういうのはできないと思いますけど」

「単身赴任手当は四万円——だったよね」

「そうですね。プラス家賃の半額補助。寮の場合は三万円補助だったかな。だから静岡で寮に住んで単身赴任している人は、毎月七万円もらえることになりますね。静岡の寮ってすっごく安いし、賄《まかな》いもついてるから、むしろ余るくらいじゃないでしょうか」

「お子さんにお金がかかる事情とかあるのかしら」

真夕は首をひねった。真夕も、沙名子が熊井の家庭と引き比べていることはわかっている。

真夕の隣で仕事をしていた勇太郎が一瞬肩をあげ、不機嫌そうに沙名子を見た。沙名子は気づかないふりをする。

「息子さんは幼稚園の運動会で一番になったとか言っていましたよ。奥さんはパートしているし、事情があったらあんなふうに仕事はできないと思います。槙野さん、トナカイ化粧品にいたときは昼夜がないくらいだったじゃないですか」

槙野は収入を二の次にして、滅私奉公《めっしほうこう》というような働きぶりで末期のトナカイ化粧品を支えてきた男である。トナカイ化粧品からはほとんど残業代も出ず、通信費さえ支給されなかった。あんな働き方をする人間が、小遣い欲しさに会社の小さなお金をごまかすだろうか。それも合併して入ったばかりの職場である。

それともあの働き方は愛着のあるトナカイ化粧品だからで、天天コーポレーションには何の情もない、だから取れるだけ取ってやれ——と、そういうことなのだろうか。

槙野の妻は、槙野が会社を辞めたいと相談したらそのほうがいいと即答したらしい。

槙野は経理的な抜け道を知っている。そこが熊井と違うところである。

沙名子は冷めたハーブティーに口をつけ、来週の槙野の出張申請の伝票を睨《にら》んだ。

『天天寮かー。俺は住みたくないなあ』

太陽は濡《ぬ》れた髪を拭きながら言った。

太陽はいつもと同じ、ローテーブルにしつらえたスマホに映っている。風呂上がりに顔を見たいと言われ、マニキュアを塗りながらでいいならという条件で承諾した。最近になってこういうときは画面を見なくてもいいということに気づき、何かやりながら話すという技を体得したところである。

太陽はパジャマ代わりのくたびれたトレーナーの姿だ。私服のときと大して変わらない。太陽も画面の中で何かを食べたり飲んだり、好きにしている。

天天寮というのは静岡工場のそばにある寮の名前である。

「太陽、静岡にいたことあったっけ？」

『新人研修で泊まったし、出張で使ったこともあるよ。天天寮、一棟まるまる天天コーポレーションの社員寮なんだよ』

「住みたくないっていうのは、帰ってきてからも社員の人と顔を合わせるから？」

『それはいいんだけどさ』

それはいいのか。沙名子は驚く。一番の問題はそこだと思うのだが。驚きのあまり小指のマニキュアがはみ出してしまった。

『あの寮って古いんだよ。壁とかひび割れてるし、夜に謎の音はするし、一番安い部屋は共同シャワー、共同トイレだし。賄いは美味《おい》しいんだけど時間決まってるから、落ち着いてゲームもできないじゃん』

「そうなんだ」

沙名子はつぶやいた。

沙名子も新人研修で静岡工場で働いたことがあるが、女性はビジネスホテル使用だった。単身赴任者にとって寮はお得だと真夕と話したが、そう簡単なものではないらしい。

熊井はずっと寮生活だった。東京で家族とともに新築の家に暮らしていた男にとって、壁のひび割れた寮での生活は空しいものだったに違いない。しかし家族のためには寮を出るわけにはいかない。そのストレスが小さな贅沢になり、横領になったのか。

『俺なら静岡に配属になったら別にマンション借りるな。今は近くが住宅地になってて、賃貸住宅たくさんあるんだって。東京に比べたらすごく家賃が安いらしい。静岡勤務の人はみんなマンション借りていると思う。寮に住んでいる人はなんでだろうと思うよ』

「工場は非正規の人も多いし、単身赴任だったらそうも言っていられないんだと思うわ」

『あ、そうか』

「それを言うのなら太陽も社員寮でしょ」

沙名子は塗り終わった爪《つめ》にスプレーを吹きかけながら言った。太陽は髪を拭き終わり、マグカップの飲み物を飲んでいる。

太陽が大阪でどんなふうに働き、生活をしているのか。興味がないと言ったら嘘《うそ》になる。

画面越しにだらけた姿をさんざん見ているというのに、実際は何も知らない。

それともこういうものなのだろうか。沙名子は同じ会社だから知らなくていいことまで知っているが、そうでない場合、パートナーが日中をどう過ごしているのかを見ることはできないわけである。

……パートナーとか。馴染《なじ》みのない言葉を思いついてしまった。

『俺のは借り上げ寮だから、社員寮といっても普通のマンションだよ。でもやっぱり気持ち悪いね。ベッドとか家電とか、前の人のは処分しようと思って。沙名子がこっちに来る前に』

さりげなくそういうことを付け加えるな。マニキュアが乾くまで両手が使えないから、簡単に切ることもできない。

「いつかね。大阪なら日帰りもできるから」

『泊まっていけばいいじゃん。別に禁止されてないって。沙名子の手料理食べたい。東京へ行くとき食べられるかな？』

「ホテルにお弁当届けてあげる」

太陽の魂胆はわかっている。東京へ出張で来たとき、沙名子の家に泊まりたいのである。そうすればわざわざホテルをとらなくてすむ。出張の宿泊費も浮く。

そうはいくか。なしくずしに宿泊所代わりにされてたまるかと思う。料理をたまに作るのはいいが常態にはしたくない。ずるい営業部員という生き物は、面倒くさいことを他人がやってくれるとなると絶対に自分でやらなくなる。

ひとり暮らしを始めるとき他人は入れないと決めたのに、なぜ太陽を家にあげてしまったのか、自分でもわからない。二度目はないと沙名子は心に誓っている。

天天寮について社内サイトで検索してみたのだが、写真が出てこなかった。静岡工場の説明の中に数行あったきりである。仕方なく総務部へ行き、庶務課の窓花《まどか》に黄ばんだパンフレットを出してもらう。

「これ、古いんですよね。背景とか、今はぜんぜん違っちゃっているみたいです」

窓花は苦笑しながら沙名子にパンフレットを渡した。

パンフレットの表紙には『天天コーポレーション　静岡天天寮』とある。見た感じはきれいな白い建物だが、パンフレットの作成日時を見ると二十年も前のものだった。寮の背景は文字通り何もない。畑のような野原のような場所にいきなり建っている。

「空室もたくさんありますよ。一時的に使うだけで出ていく人のほうが多いです。今は宅地開発が進んでいるので、周りにもアパートとかたくさんあるんですよね」

「それでも廃止にはしないんですね」

「ずっと住んでいる人が数人いますからね。ベテランの工場勤務者を追い出せないですよ。そういう人にとっては居心地がいいんだと思います」

「女性はいますか？」

「いますよ。さすがに長くはないですけど。賄いつきで安いから、工場勤務の人にとってはありがたいと思います。賄いの料理もけっこう美味しいって話です」

沙名子は歩きながら天天寮のパンフレットを眺める。

ここから毎日、同じ工場に通い、帰ってからも同じ人と話し、同じ料理を食べて、何年も過ごす。お金は貯《た》まるだろうがそれでいいのか。

だがそういう人たちの働きによって天天石鹼は作られているのである。

せめて今はこの周りにたくさんの楽しい何かがありますように――と思いながら経理室に帰ってきたら、真夕が、あ、と言った。

真夕の手には沙名子が持っているのと同じ天天寮のパンフレットがある。真夕が管理している福利厚生の資料にあったらしい。考えていることは同じだ。

「天天寮、古いですよね。このパンフレットの部屋とか、キッチンバストイレついてないみたいですよ」

沙名子と同じように苦笑しながら真夕は言った。

「家賃は？　パンフレットには家具付き、賄い別で二万五千円からってあるけど、今もそうなのかな」

「えーと」

真夕はファイルのいくつかの場所をチェックしてうなずいた。

「今は最低で二万七千円です。五年前に上がって、それ以来据《す》え置きです。光熱費は込みだし、賄いは朝だけで一万円、朝夕で三万円。給与から天引きされます」

「賄いをつけて、最低で五万七千円——ってことになるね」

「安いですよね」

外食をせず遊ばず、さらに帰省のお金、出張費をごまかして交通費をちまちまと貯めれば、いい小遣いになる……か……？

「——槙野さんは東京のどこに住んでいたんだっけ。賃貸？」

ふと思いついて沙名子は尋ねた。

「ええと……」

真夕は手早くデータを読み出し、パソコンのモニターを見つめた。

「そうですね。賃貸住宅の人向けの住宅手当の申請が通っています。トナカイ化粧品、待遇よくなかったですからね。うちって住宅手当がけっこういいんで驚いてました。住んでいる場所と家賃の額まで調べますか？」

「それはいいわ。単身赴任手当が出ているのは四月から？」

「槙野さんが静岡に行ったのは二月だから、それから同額の手当は出ていますよ。槙野さんだけじゃなくて、トナカイ化粧品から来た人で、工場への長期研修組にはみんな出しています」

「二月からずっと社員寮——ということは、五月までの分で四カ月分か」

「プラス単身赴任者用の帰省手当ですね。ゴールデンウィークの分は五万円くらいか。これはほかの元トナカイ化粧品の人には出ていません」

「仮にだけど、もし部屋を借りるなら八万円までということになるかな」

沙名子は言った。

各種手当にまつわるあれこれについては、ひとり暮らしを始めるときにさんざん計算した。

真夕は実家暮らしなので実感はないはずなのだが、ついつい計算をしてしまうらしい。沙名子と同じ、職業病のようなものである。

「八万円の家賃の部屋に住めば、家賃半額補助と単身赴任手当で合計八万円ですよね。でもほかに光熱費と食費がかかりますからね。やっぱり寮にいたほうが得です。

それなら十万円とか十五万円くらいの部屋に住んで、半額を会社に負担してもらったほうがいいですよ。あっちは家賃安いんだし、あたしなら、どうせ寮を出るなら広い部屋に住むなあ。単身赴任で寮じゃない人って、そういう人多いっぽいですよ」

そして出張を休みと組み合わせて帰省の交通費を浮かせる。誰もがやっていることである。

「鈴木さんはどうなんだっけ」

「鈴木さんは独身だし、静岡在住だから、普通の住宅手当です。といっても東京じゃないんでそんなに高くないです」

「そうか」

沙名子はノートに数字を書き出した。細かい計算をしてもいいが、人の給料や手当をいちいち調べるのはいい気持ちがしないものである。

「——すみません。伝票いいですか」

考えていたら声がした。

入ってきたのは鈴木である。いつもと同じ、胸に天天コーポレーションと刺繍《ししゆう》された作業着を着ている。三十代半ばで課長に抜擢《ばつてき》されたことといい、鈴木は太陽によればかなり優秀らしいのだが、まったく威圧感のない男である。

「あ、鈴木さん、どうぞ」

真夕が言った。数分前まで鈴木の話をしていたので焦っている。鈴木は真夕に向かってにこりと笑った。

真夕のデスクに歩いていく鈴木に、沙名子は言った。

「鈴木さん、今時間はありますか？」

「はい。何かありましたか？」

「確認したいことがあるので。終わったら時間をください。十五分程度になると思います」

鈴木の顔がわかりやすく緊張する。そこまで怖がらなくていいだろうと沙名子は複雑な気持ちになる。


「──槙野さんのことなんですが」

パーテーションに仕切られた小会議室で、沙名子は簡潔に鈴木に説明した。

四月から日帰り出張が頻繁であること。間に休日を挟んでいるのにもかかわらず、泊まりにせずに静岡に帰っていることが三回あったと事務的に告げると、鈴木はほっとしたような顔になった。

「槙野さんは申請したとおりに出張していますす。むしろ神経質なくらいですよ。電車の時間なんて適当でいいのに書いたとおりに守ろうとする人です。川崎で会って、新横浜《しんよこはま》駅で東西に別れたこともありますよ」

「ご家族が東京にいるわけですよね。間が休日で、休日明けにまた来なければならないのなら泊まろうと思わないのかな、と思ったものですから」

「ぼくもせっかく関東に行くんだからご家族に会ったらどうですかって言ったこともあるんですけど。槙野さんは打ち合わせしたことをいったん自分のデスクに持ち帰って検討したいらしいんですよね。携帯で連絡がつかないことはないですし、土日にも会社に行ってたり、夜中に寮で仕事してるんじゃないかってそっちのほうが心配です」

「仕事熱心ですね」

沙名子は言った。

少し安心した。少額の出張費や交通費をごまかして自分のものにする男より、こちらのほうが沙名子が知っている槙野に近い。

「そのほかに細かいことですが、資料費として女性用の化粧石鹸や化粧品、入浴剤を購入されていますね。主に百貨店で。高級なものもあります」

沙名子は形式的に確認すると、鈴木はああ、とつぶやいた。

「それは槙野さんが、あちこちの石鹸と天天石鹸と比べてみると言っていたので、それなら資料費として計上してくださいと言ったんです。高価なものもありますが、ぼくも買うことがありますし、問題ないと思います。天天石鹸は、安価にして最高の石鹸というのが売りなので。実際そうですよね。槙野さんにもそう思ってもらいたいです」

そこだけは製造部の表情になって鈴木は言った。

「出張の件はぼくも悪かったです。どちらかといえばぼくのほうが忙しいんで、ぼくに合わせて槙野さんの日程を決める形でした。確かに、金曜と月曜に日帰り出張するなら、無理にでも家に帰らせてやればよかったですね」

「槙野さんは三月からかなり有給休暇を取られているようですね」

「新年度で初めての単身赴任なのでいろいろあるらしくて。でも仕事の手を抜いているわけじゃないです。社員寮だと仕事をしにくいから、マンションを借りるつもりのようだし」

「槙野さん、社員寮を出られるんですか？」

沙名子は尋ねた。さきほど真夕と計算したばかりである。社員寮の居心地が悪いのはともかくとして、単身赴任者が社員寮を出るというのは経済的には痛手のはずである。

鈴木はうなずいた。

「社員寮は味気ないですからね。東京に比べたら遊ぶ場所もないし、昼も夜も会社の人とばかり関わることになるから、ストレスがたまるんですよ。趣味に没頭することもできないし。ぼくは最初からマンションを借りました。槙野さんは土地勘がないから、有給休暇を取って、借りる前にあちこちを見て回っているようです。あっちは賃貸もそんなにお金がかからないし、出られるものなら出たほうがいいと思いますよ」

鈴木はしみじみと言い、どこかが痛いような顔になった。

言葉には出さないが、鈴木も熊井の事件を忘れていない。鈴木が中途入社の槙野にかなり気をつかっている――不自由がないか神経を尖《とが》らせているのは、そのためもあると思う。

熊井が不正をしたことで最も直接的な被害を被《こうむ》ったのは製造部である。鈴木は監督不行き届きを咎《とが》められただろう。仕事は増えたし取引先からの信用も失った。何より同僚に裏切られたというショックは大きかったと思う。

熊井はずっと社員寮だった。東京で暮らして贅沢に慣れていた男に不満がなかったはずはないが、家族の生活を思えば出ることはできない。その結果が頻繁な帰省であり、業務上横領である。

「槙野さんですが、来週の月曜、または水曜日に有給休暇を取っていることはありませんか」

「ええと――そうですね。月曜日に取っています。今月はそれが二度目ですね」

槙野は火曜日に日帰り出張の申請をしているが、沙名子は指摘しなかった。出張にかこつけて家に帰るだけなら問題はないのだ。

製造部に入って約三カ月だが、槙野はすでに鈴木から離れ、自分の裁量でスケジュールを組んで動いているようだ。槙野の能力とフットワークからすれば不自然ではない。鈴木も安心して任せている。

「もう少し単身赴任手当をあげてくれればいいんですけどね」

「これぱかりは経理部にはどうにもなりません」

「そうですね」

鈴木は笑った。鈴木は色白の細面である。笑うと女顔が強調されてなかなかいい。

鈴木の言葉に矛盾《むじゅん》はなかったし、何かを隠している風もなかった。

沙名子は鈴木に対して経理的な何かを疑ったことは一回もない。正直な男なのである。


話を終えて経理室に戻ると、真夕が心配そうに身を乗り出してきた。

「鈴木さん、どうでした？　槙野さん、空出張とかしてました？」

「鈴木さんが認識している問題はないようでした。今後の様子を見ます。念のためどこかで槙野さん本人にヒアリングして、そのあとで美華さんに伝えておきます」

真夕はうなずいた。

「よかった。そういうの嫌ですよね。こっちだってできるなら疑いたくないです。でも美華さんに任せるのは怖すぎる」

真夕は最後の一言をひとりごとのようにつぶやいた。

「社員寮のことなんですけど。ちょっと調べてみました。槙野さんは二万七千円の部屋でした。細かいことですけど——最近、賄いをやめてるんですよね」

沙名子は真夕を見た。

「賄いをやめてる?」

　真夕はうなずいた。

「そうです。三月までは朝夕の三万円で契約していたんですけど、四月になって朝夕ともやめています。パンフレット見てもらうとわかりますけど、槙野さんの部屋って、個室にキッチンがついていないんですよ。一番安い部屋なんで。賄いがないなら食事どうしてるんだろうと思って」

「外食するとか、カップ麺《めん》を食べるとか?」

「大丈夫なんですかねえ。槙野さん出張も残業も多いのに。余計なお世話ですけど」

　真夕はつぶやいた。真夕なりにひっかかるポイントがあるようだ。

　余計なお世話なのは沙名子も同じだ。

　槙野が有給休暇を取っていたのはマンションを新しく借りるためだったという。となるとこれから食費と光熱費とマンションの賃貸料もかかることになる。

　鈴木は槙野の出張を疑っていないが、携帯電話に出るだけならどこでもできる。新横浜駅で鈴木と別れたあとで電車を乗り換えて東京に向かうこともできる。出張費を本気でごまかすつもりならそれくらいやるだろう。

　それとも鈴木の言うとおり、槙野は、いったんデスクに戻るためにあえて日帰り出張をする、仕事をするために部屋を借りる、ただの生真面目な男なのか。月に三万円の食事をやめたのはささやかな節約か。

熊井は社員寮のどの部屋だったのだろうとふと思った。部屋にキッチンはついていたのだろうか。今さら考えても仕方のないことだが。


ファミリーレストランの窓際の席で待っていると、槙野がきょろきょろしながら入ってくるのが見えた。

話を聞く場所を品川《しながわ》駅の近くに指定したのは、槙野が新幹線に乗るからである。

今日、槙野は出張で本社に来た。経理部に来ることはなかったが、帰り間際につかまえて約束をしたのである。乗車予定の新幹線まで時間があるのはわかっている。

槙野は昨日、有給休暇を取っている。

今日は美華が懸念している、有給休暇とつなげた日帰り出張——ということになるが、今回の場合は問題はない。出張は今日一日だけで、出張伝票に記載がある。昨日の午前中に東京に着、自宅で一泊し、今日は外回りと本社での打ち合わせをこなし、定時後の新幹線で静岡に戻る、というありふれた単身赴任者の出張である。

前日に泊まっているが日帰り出張と同じ扱いになる。あるいは鈴木から何か指示がいって、細かく書き直したのかもしれない。

沙名子は私服である。定時終了後にすぐに着替えて品川に向かった。

沙名子は以前にも槙野と私服で対峙《たいじ》したことがある。槙野も元経理担当なら、経理部員が社外で話したいと言う意味をわかっているはずである。

槙野は社内で見かけたままのややくたびれたスーツ姿だった。外だというのにスマホを首からぶら下げている。

「――お疲れさまです。森若さん」

槙野は沙名子を見つけると声をかけてきた。

表情は硬かった。ああこの顔かと沙名子は思う。うろたえても怖がってもいない。覚えがあって怯《おび》えているのではなく、自分のやったことがわかっている。来るなら来いと思っている。覚悟の決まった顔である。

同じようなことが昔あったな――と思って、熊井を思い出した。

あれは洒落《しゃれ》たカフェだった。熊井はこんな顔はしなかった。穏やかでのんびりとして、心配そうに友人のことを思いやっていた。

「お疲れさまです。すみません、いきなりお呼び立てして」

沙名子は言った。槙野は神経質そうな面持ちで沙名子の向かいに座り、ウエイトレスにコーヒーを注文する。

「早めに切り上げていただけるとありがたいです。新幹線の時間もありますし、その前にちょっと用事があるんです」

「ご家族と待ち合わせをしているんですか？」

槙野は沙名子に目をやった。

「そうです」

当てずっぽうだった――かまをかけただけだったが、槙野はひっかかった。目の奥に炎が燃えているようだ。冷静に見えるが意外に感情的なのである。

「同じ新幹線に乗られる？」

「そうですよ。何か問題がありますか？　家族の行動は会社とは関係ないはずですが」

「責めるつもりはありません。確認したいだけです。――槙野さん、静岡で、ご家族と一緒に暮らしているのですね？」

沙名子はゆっくりと尋ねた。

槙野は黙った。意外そうな顔はしていなかった。想定内だったのだろう。ちょうど来たコーヒーにミルクを入れ、荒っぽくかき混ぜている。

沙名子は待った。しばらく沈黙が落ちたあと、槙野は思い切ったように口を開いた。

「暮らしている――といったら違うかもしれません。行ったり来たり、といった感じです。こちらの家もまだ残してあって――実は今日、引き払ってきたところです」

槙野は歯切れが悪かった。逃れられる言い方を探している。

そうだろうと思っていた。

今日は槙野の月半ばを越えて初めての出張である。有給休暇と組み合わせ、川崎でなく本社へ。前日に家に行って転居に伴う雑事を終わらせ、次の日に仕事をこなして、家族と一緒に帰る。ちょうどいいスケジュールである。

天天コーポレーションでは単身赴任手当を出すための条件がある。月に十五日以上、生計を共にする家族が、仕事を理由にして別居になること。――つまり東京の家を半月保持しておけば単身赴任として認められるということである。

「住民票はまだ変更していません。仕事が忙しくてなかなか手が回らなかったので」

「お引っ越しはされましたか？　鈴木さんによると、有給休暇を取ってあちこちを見て回っていたようですが」

槙野は観念したようにため息をついた。

「引っ越しをしたのはゴールデンウィークです。それまでは妻がウィークリーマンションを借りてあっちへ住んでみて、ぼくが社員寮に住みながら通う形です」

「四月初めからということですか」

槙野は黙った。

「――そうですが……。最初のころは迷っていたんです。家族で静岡に住むという決断ができなくて、どうなるかわからなかった。妻もぼくも、関東圏を出るのは初めてなものですから。東京の家を残しておいたのはそのためです。

引っ越しは早すぎたかもしれないですが……。もっとあとにするつもりだったんですが、いい家と幼稚園が見つかって、転園もなるべく年度初めに近いほうがいいので、急いでやってしまったんです。ぼくがまとまった時間をとれるのもなかなかないので。会社には住民票を変えてから報告するつもりでした」

「せめて鈴木課長には言っておいたほうがよかったと思います」

「――そうしたら、鈴木さんの責任が問われてしまいますから」

槙野は絞り出すように言った。

槙野も、家族と住みながら単身赴任手当をもらうことにうしろめたさは感じていたというわけである。

単身赴任手当は家賃分を足して七万円。社員寮は二万七千円。差額は四万三千円。東京の賃貸マンションを保持していれば住宅手当も出る。おそらく静岡で賃貸住宅を借りて住んでいる場合の倍程度の額である。単身赴任者にはゴールデンウィークに帰省用の手当と交通費。出張と組み合わせて帰れば交通費分は収入になる。

槙野のことだから細かい計算をしただろう。職業病である。そして五月の分をもらうまで引っ越しを誰にも言わず、単身赴任を引っ張ったほうがいいという結果を得た。

東京の家は単身赴任が認められるギリギリに解約する。もしも静岡の生活が肌に合わなかったらすぐに戻れるように、保険も兼ねて。

どうりで日帰り出張が多いと思った。東京にも家はあるのだから泊まってもよかっただろうに。槙野は家族と会いたくないからでなく、会いたいから日帰りにしていたのである。

「わかりました。社員寮はまだ契約していますね。五月いっぱいで解約予定ということでいいですか」

わかっていたことだが沙名子は確認した。

「はい。もうほとんど帰っていませんが――」

「そんなはずはありません。契約しているんだから、槙野さんは社員寮に住んでいるはずです。そしてご家族は、東京の自宅に、今日まで、静岡と行ったり来たりしながら住んでいた。五月半ばを過ぎるまで別居していたということです。それで間違いないですね？」

沙名子はゆっくりと言った。

槙野は沙名子を見た。目が合う。沙名子は無表情に見返した。

「――はい。そのとおりです」

「わかりました」

沙名子はうなずいた。

「天天コーポレーションの単身赴任手当の条件は、生計を共にする家族が十五日以上、仕事によって別居することです、槙野さんは今日までご家族と別居していたので、五月いっぱいは単身赴任者です。ゴールデンウィークの帰省手当も出ます。そして六月からは転勤が完了して静岡工場圏内の在住者になります。何か問題がありますか？」

沙名子は淡々《たんたん》と言った。

槙野は沙名子の顔を見て、ゆっくりと答えた。

「いえ。ないと思います」

「住民票を変えたら総務部で単身赴任の終了手続きをしてください。引っ越し費用の補助もあるので、問い合わせるといいと思います」

「そうなんですか。引っ越しはもう終えちゃっていて――」

「五月初めに引っ越したのは槙野さんのお休みの都合でしょう。たった半月です。引っ越し後だからといって住めないわけではありません。ご家族はこの半月、最低限の荷物で住んでいたのではないですか」

「はい。――そう――ですね」

「では手続きだけ、なるべく早めにお願いします」

言うべきことを言い終わり、沙名子はぬるくなったハーブティーを飲んだ。喉《のど》が渇いていたので一息に飲んでしまった。

槙野は大きく息をついた。

「――ありがとうございます、森若さん」

「わたしは事務的なお知らせをしただけです。次があれば違う話をするかもしれません」

沙名子は最後に釘を刺した。

槙野は抜かりがない。五月中は単身赴任者だと言い張れば会社としては認めるしかない状況である。

単身赴任手当は遊びや贅沢ではなく、妻がウィークリーマンションを借りる足しになっていると思う。槙野の働き方では妻も心配になるだろう。会社が勝ったところで芽生えつつある愛社精神が減るだけだ。こんなことでやりあって疲弊《ひへい》するくらいなら、貸しをひとつ作ったほうが得策である。

六月からは関東へ出張するときはできるだけ泊まりにすればいいと教えてやろうかと思ったが、知っているだろうからやめる。槙野徹がこういう社員であるということはこれから頭に置いておく。おそらく横領はしないと思うが。これで、オールクリア。

槙野のスマホが鳴った。どこかで待っている妻からだろう。沙名子は自分の分の伝票を取り、一礼して席を立った。


ファミリーレストランを出ると空に星が出ていた。

夜の寸前の時間である。せっかく品川に来たので駅ビルのあたりを見て回ろうと思いながら歩き出そうとしたら、道ばたに勇太郎がいるのに気づいた。

勇太郎はスーツ姿で、駐車場の近くで所在なげに立っていた。一番近い窓の中に、槙野がコーヒーカップを前にして座り、スマホに目を落としているのが見える。

「勇さん、来ていたんですか」

沙名子は尋ねた。偶然のわけはない。

「森若さんが槙野さんと待ち合わせの約束をしていたのを聞いたから。何を話しているんだろうと思って」

勇太郎はぼそりと答えた。

「わざわざ来たんですか」

「帰り道だから寄っただけだ。槙野さんに何か問題が？」

嘘をつけ。沙名子は勇太郎に苛立《いらだ》つ。

沙名子は熊井の横領に気づいたとき、同じように彼をカフェに呼び出して事情を聞いた。ファミレスではなかったが。勇太郎はそのことを思い出し、いてもたってもいられなくなったのだろう。

熊井と槙野は共通点が多い。中途入社であること。家族思いであること。単身赴任になり、社員寮に住み、製造部の仕事で頻繁に出張していること。人当たりがいいようでいて、肝心の部分を話さないところも似ている。

「問題はありません。――いえ、少しあります。槙野さんはご家族が静岡に転居されましたので、六月から単身赴任でなくなります。転居の時期を確認して、単身赴任手当がいつまで認められるのかお伝えしていました」

「それだけ？」

「それだけです。転居は今日なので、今月までが単身赴任になります」

沙名子が言うと、勇太郎はほっとしたようだった。窓際にいる槙野に目を走らせる。槙野はコーヒーを飲みながらスマホを眺め、微笑《ほほえ》んでいる。

「だったらなぜ社内で話さなかった？」

「槙野さんの新幹線の時間が迫っていたので、品川駅の近くのほうがいいと判断しました。勇さんに相談すべきだったかもしれませんが、勇さんは単身赴任者の手当のことなどには興味がないでしょう。美華さん、真夕ちゃんは知っています。明日報告する予定です」

沙名子は言った。駅へ向かって歩き出す。勇太郎は横に並んだ。

社外で話したのは推測に完全な自信を持てなかったからだ。相手は槙野なのである。もしかしたら沙名子には考えもつかない何かが出てくるかもしれない。その何かはおそらく、家族のためなのだろう。沙名子が目をつぶれる範囲内なのかはわからない。

沙名子と勇太郎は広い歩道を並んで歩く。勇太郎は長身なので、沙名子の視線は勇太郎の肩くらいだ。

「――気に入らないな」

最初の交差点で信号を待っているとき、ぼそりと勇太郎がつぶやいた。

「何がですか」

「森若さんはいつもそうです。そうやって何もかも、わかりきっているという顔をしているのが気にいらない」

「性格です。すみません」

「二回謝るなと言ったことがあると思う」

「一回目です」

信号が青になった。沙名子と勇太郎は無言で歩き出す。品川駅が見えてきていた。

「――熊井からの依頼は断った」

沙名子が何も言わないので業を煮やした――のかどうかわからないが、勇太郎が突然言った。

「そうですか」

沙名子は答えた。

内心では驚いている。

熊井は去年の秋、勇太郎に借金の申し込みをしていた。複数の消費者金融からの督促《とくそく》が来たらしい。このままでは妻にばれる、これが最後、もうしない、どうしたらいいと思う？　というようなことを電話で話していた。

勇太郎は話を聞き、自分の貯金で親友の負債を弁済しようとしていた。

人の幸せに奉仕するな、自分の幸せを考えろと勇太郎に言ったのは沙名子である。

どれだけ熊井に利用されれば気が済むのか。ほとほと呆《あき》れ、言わずにはいられなかった。

勇太郎が、熊井を見捨てることがあるとは思わなかった。

熊井の子どもは病気である。天天コーポレーションを最悪の形で辞め、家を売り、転職をしたあとのことを沙名子は知らない。お金にだらしない父親のもとに生まれた子どもたちがどんな生活をすることになるのかも知らない。

「熊井さんは、どうなったんですか」

好奇心に負けて沙名子は尋ねた。

「知らない。金を出せないと言ったら連絡が途絶えた。俺の妹に知歌《ちか》——熊井の妻から連絡があった。おそらく離婚になると思う」

勇太郎は低い声で答えた。

少し間を置き、言い訳するように付け加える。

「——金は出さないけど、相談には乗るつもりだった。いろんな制度がある。銀行もひとつじゃないし、俺は予算を立てるのには慣れてる。知歌にも俺から説明してやる。そう言ったんだが、熊井は興味を持たなかった」

「熊井さんは惜しいことをしましたね。優秀な経理部員のアドバイスを聞くことができたのに」

「そう思う。——織子とも終わった」

勇太郎は言った。

沙名子は思わず足をとめた。聞き間違いかと思った。

「皆瀬さんと……別れたんですか」

「そう」

品川駅はすぐそばだった。勇太郎は沙名子の顔を見ずに歩いていく。

沙名子は混乱し、慌てて勇太郎を追った。

織子は夫と別居したんじゃないのか。喉まで出かかった言葉をこらえる。

勇太郎は織子に夢中だったが、織子も勇太郎が好きだったと思う。ふたりは結婚の約束をしていた。

織子は、自分の離婚が成立するまで勇太郎と会わないと約束した。沙名子は織子の夫の浮気の証拠を渡し、証言をする約束まででした。

ゴールデンウィークに織子は、勇太郎の家の近くで食材を買っていた。ふたりはうまくいっている、結婚へ向けて密かに愛を温めていたと思っていたが違うのか。

秋ごろから今までの勇太郎の雰囲気を思い出そうとしたができなかった。美月《みつき》の結婚、太陽の転勤、決算と大きなことが続いて、他人を気にかける余裕がなかった。

勇太郎は友人を失い、同時期に恋人も失ったわけである。

何か言いたかったができなかった。言葉を思いつかない。

沙名子は熊井の借金の弁済をするな、織子とはほどほどにしろと勇太郎に忠告した。それが勇太郎の幸せにつながると思っていた。思惑通りになったというのに、なぜこんなにうろたえているのだろう。

他人の幸せを決めつけるなんておこがましい。やってはならないことだったのか――。

「時間を戻すことができればな」

勇太郎はつぶやいた。上を向いている。小さな星が光っていた。

「無理です」

沙名子は答えた。

こみあげるものがあった。近くに居酒屋の看板が見えていた。駅ビルまで行かなくても、路地をひとつ入ればいくらでも飲める場所がある。

勇太郎と一緒にいてやりたいと思った。お酒でなくてもいい。コーヒーでも、パフェでもステーキでもなんでもいい。言うべきことがないなら、同じものを食べながら黙っていればいい。

美華だったら誘った。何も言わなくても、一緒に食事をするだけで慰めることができた。

だが勇太郎にはできない。なぜだ。せめて誘ってくれ。今なら応じる。責任を持って、最後まで勇太郎の話を聞いてやる。話を聞いて泣かせてやって、だが明日になったら全部忘れて仕事に戻ってやる。

「——じゃ。改札こっちだから」

駅に着いていた。勇太郎の言葉に沙名子はうなずいた。

「そうですね。お疲れさまでした」

「お疲れ」

勇太郎は少しだけ笑った。苦笑したようだった。そのまままきびすを返し、改札口へ向かっていく。沙名子は自分の冷たさに泣きたくなる。

「伝票お願いします」

六月になっていた。経理室に槙野が入ってくると、真夕が最初に気づいて顔をあげた。

「あ、槙野さん、こんにちは。出張ですか？」

真夕は言った。

槙野はうなずき、真夕に伝票を差し出した。

「そうです。相手の都合で今日の夜に打ち合わせが入ってしまったので、泊まりに変更をお願いします。入力は済んでいます」

「ああそうか、槙野さん、もう単身赴任じゃないですもんね。静岡はどうですか？」

真夕は経理ソフトを開き、伝票のチェックをしている。槙野のことだから不備はないのに違いない。沙名子の隣では美華が、槙野に訊いておくべきことがあったかどうか、ファイルを開いて調べている。

「快適ですよ。やっぱり一戸建てはいいですね」

槙野は言った。

製造部も一時期の嵐のような忙しさはなくなったようだ。槙野は片手に天天コーポレーションと書かれた紙袋を持ち、首からスマホをぶら下げている。スマホの待ち受けは、富士山を背景にした男の子の笑顔である。

「一戸建てなんですか！　いいですね！」

「物件を見て回っているときに、ちょうど空き家になったばかりで借り手を探している家があったんですよ。ラッキーでした。東京だったらワンルームくらいの値段で借りることができるんですよね」

「それで急いで引っ越しされたんですねえ」

「庭もあるし、妻も子どもも気に入ってしまってね。ペットを飼っていいということなので、犬を飼おうという話になっています」

槙野は笑った。

「製造部に慣れなかったらどうしようかと思ったけど、やってみたらまあまあうまくやっています。トナカイ化粧品で工場に行くのに慣れていたせいもあるかな。――あ、これ新製品なんですが、使ってみてください。できたばかりでみんなに配っているんです。――田倉さんも」

「俺はいいです」

勇太郎は断った。

槙野は紙袋から新しい石鹸を出し、真夕と沙名子と美華に渡す。緑色のパッケージで、「天天石鹸　夏の香り」と書いてある。天天石鹸の季節シリーズの最新作らしい。

「さくらがヒットしたあと、次に続く天天石鹸が出てこなかったんですが、これはいいと思いますよ。使っていただくとわかるんですが、肌がさっぱりします。うちの子どもも気に入っているんですよ」

「わー嬉しいなー。楽しみです！」

真夕は楽しそうに受け取っている。すっかり製造部の人間になった槙野とともに、経理部は和《なご》やかな空気に包まれた。

第三話

過去の決断の正しさを証明します！

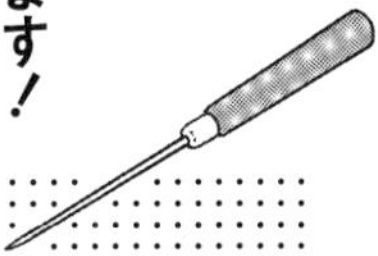

「じゃー仕事はもう落ち着いてるの？」

ノートパソコンのモニターに向かって太陽《たいよう》は尋ねた。

金曜の夜である。今日は定時に帰れたのでスーパーに寄り、餃子《ぎょうざ》とビールとその他を買って帰った。キャベツが安かったので豚《ぶた》コマと一緒に胡麻《ごま》油で炒《いた》め、山盛りにして食べている。太陽もこれくらいの料理はできる。

沙名子《さなこ》に連絡をしたら沙名子は夕食を食べ終わっていたので、ビデオ通話アプリで話すことにした。最近の定番である。こういうのは味気ないと最初は思ったのだが、やってみると悪くない。家にいる沙名子はリラックスしていて、外で会うのと違うので新鮮である。

ダメなら断る。ダラダラ長引かせるのは禁止、切りたいときはすぐに切るから引き留めないで。太陽もそうしていいから。それだけを最初に提示された。これはこれで沙名子らしくて慣れている。

『そうね。まだ決算の残務はあるけど、わたしの担当分は多くないの。最近やっと新しい映画観《み》られるようになった』

「今の流行はなんなの？」

『クリストファー・ノーラン監督。監督縛り。一緒には観にいかないわよ』

「わかってるって。二回目ならいい？」

『……うーん……』

沙名子は考え込んだ。仕事について話しているときよりも真剣である。

沙名子は映画をひとりで観る人間なのである。これは劇場で観る。一緒に観てもいい。ブルーレイになるのを待つ。家で何かしながら観る。二回観る。と映画によっていろいろ区分があるらしい。どういう基準で分けているのかはわからないが、考えている沙名子は可愛《かわい》いのでＯＫである。

この二カ月ほど、沙名子はほぼ毎日残業していた。転勤したばかりの太陽のほうが帰りが早かったくらいだ。経理部はこんなに仕事が多いものなのか。沙名子は仕事内容について話さないし、深夜残業のあとで会ったことがなかったので知らなかった。

転勤した当初は、一カ月に一回くらいは土日や連休を使って適当に行き帰りできるだろうと思っていたが、うまくいかないものである。沙名子は家事を完璧にしたいたちだし、体も休めなくてはならないだろう。ゴールデンウィークは太陽の側で仕事が入っていた。

「経理部って案外忙しいよな。デスクワークだから疲れないと思ってたよ」

白飯にキムチをのせながら、太陽はしみじみと言った。

今日は穏やかだが、四月あたりは目が据《す》わっているようで怖かった。沙名子にはたまにそういうときがある。怖いというのはNGワードなので言えない。

『今回は合併があったからね。勇《ゆう》さんのほうがもっと仕事多かったよ』

「田倉《たくら》さんかあ……。近寄りがたいんだよな」

『太陽もそういうのあるの』

「そりゃあるよ。テンションあげても田倉さんには通じないんだもん。珍獣見るような目で見られる」

言ってから、数年前まで沙名子から見られていたのと同じ目だと気づいた。

『勇さんは繊細な人だよ。太陽と仲良くなってほしいくらいだわ。わたしじゃダメなのよね』

沙名子は言った。

沙名子の部屋にソファーはない。沙名子はテーブルを前にしてビーズクッションに寄りかかり、慣れた様子で洗濯物を畳《たた》んでいる。最近は話しながら洗濯物を畳んだり爪《つめ》を磨いたりしていることが多い。テーブルの上には猫のマグカップとカバーのかかった文庫本。それ以外は映っていない。

「繊細ってどのあたりが?」

『それは言えない』

「同僚でつきあい長いといろいろあるよな。今度、本社行ったら田倉さんに突撃してみるわ」

『いいかもしれない』

「爆死したら慰めてくれる?」

『いいよ』

沙名子がやっと笑った。太陽は嬉《うれ》しくなる。

太陽は沙名子が好きなのである。昔からしっかりしている女性が好きだった。沙名子とは性格も趣味も違うし一緒にいて盛り上がることもないが、可愛いなあ、好きだなあとずっと思っていられる。

転勤になってから三カ月。ビデオ通話アプリでは話したが一回も直接会っていない。できるなら早く会いたい。東京に行くときに沙名子の部屋で手料理を食べたいとさりげなく催促していたのだが見透かされていて、出張のときはホテルを使ってと言われてしまった。そのために出張費と宿泊費があるでしょう。

言葉はきつくても怒っているわけではない。つきあい始めてけっこう長いが、いまだに攻略するべきところがある。

『太陽は？　ずっと外回りだっけ』

俺って単純だなあとにやけていたら、沙名子が尋ねてきた。

「キャンペーンと手洗いブースの設営で忙しいわ。来週は東海地方に出張だよ」

『北村《きたむら》さんと一緒に？』

「そう。三重と和歌山に行って、名古屋《なごや》で一泊して次の日に岐阜に行って、あちこち回って帰る。出張先から電話するよ」

『いちいち電話しなくていいわよ』

「といっても出張って暇なんだよなー。夜には終わるし。名古屋で天むすとうなぎと味噌《みそ》煮込みうどん食べるつもり。あ、名古屋の手洗いブースの担当者って女性みたいなの。妬《や》ける？」

『それをわたしに尋ねるということは、浮気をするかもしれないという意味？』

「いやしないけど」

『だったら妬けない』

そうだろう。しかしこういう話をすると沙名子は少し不機嫌になる。メールだとわからなかったことである。だからたまに言いたくなる。

『手洗いブースは大阪営業所の発案なのよね』

「そう。大阪駅でやったら意外と評判よくて、名古屋と京都でもやることになったんだって。大阪じゃ企画とか広報とか分かれてないから、全部担当者がやるんだよ。東京でもそのうちやると思う。俺がそっちに行くかどうかはわからないけど」

『やると思うわ。稟議《りんぎ》が来てたから。担当は鎌本《かまもと》さんと山野内《やまのうち》さんだったかな』

「鎌本さんかあ——」

太陽は東京にいたときに組んでいた先輩を懐かしく思い出した。

横柄だしやる気はないが、要所を外さない先輩だった。重要な仕事であっても太陽に任せきりだった。おかげで太陽は右往左往しながら取引先の信頼を得て、永遠の次期エースと言われるようになった。運転はすべて太陽だったので、関東圏の地理に詳しくなった。今でも営業所長に褒められる程度に運転がうまいのは鎌本のおかげである。

鎌本は女性社員に――沙名子も含め――好かれていない。あからさまに避けている人もいる。理由もわかるのだが、太陽は鎌本を嫌いになれない。つきあいの長い同僚だといろいろあるのである。

「山野内さんっていうのは新しく入った人？」

『そう。山野内亜希《あき》さん。トナカイ化粧品で営業をやっていた女性』

「女の子！　よく吉村《よしむら》さんが許したな。うちって遠くまで行かなきゃならないから、女性は外回りやらないだろ。企画課と広報課は多いけど」

『女の子じゃないわよ。わたしより少し上くらい。太陽のあとで鎌本さんと組む形だと思う』

それは太陽にとっては女の子なのだが、面倒そうなので言わないことにする。太陽は最後の餃子を食べ、ウーロン茶を飲んだ。

「ちなみに運転はどっち？」

『それはわたしにはわからない』

相手が配属されたばかりの女性となればいくらなんでも鎌本は運転すると思う――と言

いかけて、鎌本は三十歳以上の女性を女性と見なしていないということを思い出した。このあたりの鎌本の理屈は今考えても意味がよくわからない。

「そうかー。うちも変わっていくんだな。もしかしたら格馬《かくま》さんから何かあったのかな」

『大阪には女性の営業部員はいるの？』

「外回りは三人いる。事務担当含めたら五、六人くらいかな。遠慮がなくて大阪弁で言われっぱなし。経理担当は男性なんだけどね。以前に東京にいたんだって。田倉さんと森若《もりわか》さん元気って訊《き》かれた」

『その人が大阪行って真夕《まゆ》ちゃんが入ったのよ。当時は実質ふたりだけだったからパニックだった。今は美華《みか》さんもいるし、真夕ちゃんも仕事できるようになったから、あのときに比べたらぜんぜん楽だわ』

「そうだったのか。伝票遅れてばっかりで悪かったな」

『そう思うなら今の伝票を早めに出してあげて。特に三月と四月と九月と十月ね。十二月と五月もかな。よろしく』

「……はい」

一年の半分じゃないかと思ったが、てきぱきとした沙名子はやはり可愛いし好きなので許すしかない。言い返しても自分が悪いと言われる予感しかない。

ふくれてウーロン茶を飲んでいると、沙名子は笑った。

『じゃあ切るわ。久しぶりに話せて楽しかった。これから映画観るから邪魔しないでね』

「わかった。おやすみ」

太陽はビデオ通話アプリを切った。

沙名子は無口だと思っていたがそうでもなかった。普通のことをずっと話していられる。交際して一年以上経《た》つとこんなものか。こういうのは楽でいい。


「――太陽さんって、彼女さんいてるんですか」

作業中に尋ねられたので、危うくカッターで手を切るところだった。

話しかけてきたのは光星《こうせい》である。北村光星。二十五歳――太陽よりも三つ下ということになる。太陽は大阪に転勤してからというもの、ずっと彼と組んで仕事をしている。

太陽と光星は新しく届いた「天天石鹼《てんてんせっけん》　夏の香り」のダンボール箱を開けているところである。

場所は名古屋駅のコンコース。簡易ブースの外側には、天天石鹼を使って楽しく手を洗いましょう！　という手作りポスターが貼られている。

ブースの中には洗面所が三つ。その横に石鹼のケースを並べる。洗面所の向こうにテレビが設置され、正しい手の洗い方のＤＶＤを流す。

企画は天天コーポレーションだが、協賛企業としてほかにも何社かが関わっている。メイン協賛は全国規模の不動産会社。ブースに関わる諸経費はそこが担当し、天天コーポレーションはDVDと石鹸を提供してブースの設営をする。ついでに新製品の宣伝もできるというありがたい企画である。

立ち寄った人はDVDを見ながら手を洗い、協賛企業と天天コーポレーションのポケットティッシュや無料サンプルを持ち帰ってもらうが、急に決まったので、天天コーポレーションではサンプルを用意できなかった。石鹸はあるがひとりひとつを配るほどの量はない。

石鹸を一回分ずつの量に割り、ひとかけらずつビニール袋とともに配布するというのは所員が思いついた苦肉の策である。

今回の分の石鹸を砕いたのは昨日である。時間のある社員総出でキリと金槌《かなづち》をふるい、夜の会議室で黙々と石鹸を割っていると、何やってるんだろう俺という気分にもなったのだが、そういう気持ちに空しさを感じない程度には太陽も経験を積んでいる。中小企業メーカーの営業部員というものは、アイデアと労力でなんとかなるものならなんでもしなければならない。

一緒にいる光星もおそらく同じ境地に達している。今日は朝に会った早々、眠いんで運転してください、代わりに午後自分がやるんで。と言って助手席で眠ってしまった。

三つ上だからといって太陽は先輩風を吹かすつもりはない。光星も特に太陽を尊敬しようとも思っていないかわり、大阪での先輩としてあれこれ言うこともない。吉村部長のやり方に慣れていた身として最初は戸惑ったが、やってみると楽である。

だから、いきなり仕事中にプライベートなことを訊いてくるとは思わなかった。

「えーと。彼女？」

太陽はダンボール箱の横にしゃがみこんだまま、焦って尋ね返した。

光星はテレビに向かってリモコンのボタンを押しながらうなずいた。

「太陽さんモテるでしょ。つきあってる人いてません？　最初に見たとき、えらいシュッとしてんなーって思いました」

「あー……。いますよ、まあ」

太陽は答えた。

「遠距離恋愛っすか。転勤決まって泣かれました？」

「そんなこともないですよ。つきあい長いんで」

沙名子に中学生レベルの告白をしてから一年十カ月。正式につきあうようになったのが十二月ごろとして一年半。短くはない。なんとなくだがもっと長くなるような気もする。

「そうっすか。花音《かのん》さんに言っときます」

「花音さんって、事務の川本《かわもと》花音さんですか？」

「そう。太陽さん彼女おるんかなって訊かれたんですよ。それで何かっていうわけでもないでしょうけど、いちおうね」

「川本さんて既婚だと思ってました」

「独身ですよ。気にせんでください。俺も昔、何か言われたことあったから」

「社内に言いふらさないでくださいよ。彼女なんて、いたっていなくたってどっちだっていいじゃないですか」

　太陽は慌てて言った。

　沙名子に、交際していることは社内の誰にもばらすな。これだけは何がなんでも守れと厳命されている。

　社内恋愛が珍しいわけでもないし、太陽としてはばれてもかまわないと思うのだが、沙名子の性格からして秘密にしたい気持ちはわかる。大阪営業所の人間は東京と行き来があるから、どんな噂《うわさ》がたつかわからない。

　かといっていないと言うのも座りが悪い。結果として社内の人間であることは言わず、彼女がいるということは言っておく、というやり方に落ち着いているのである。

「俺もそう思うんですけどね」

「光星くんはいるんですか？」

「いませんねえ。つきあうのとか、つきあうに至るまでが面倒くさいですよね。毎日一時間、連絡だけで時間とられるのとか。なんで彼女ってそういう手間とワンセットなんですかね」

　たった三年でもジェネレーションギャップがあるのかと思ったが、そういえば鎌本も同じようなことを言っていた。沙名子からも手間がどうだの予定がどうだのと聞いたことがあった。あれはごく初期の「友達」だったころだが。世の中には一定数、人間関係の手間を面倒と変換する人間がいるようである。

　太陽はダンボール箱を開き、砕いた石鹸を蓋《ふた》のついた透明なケースに盛っていった。石鹸ブロックは苦肉の策だが、評判は悪くなかった。形はバラバラな分、粗っぽい感じが悪くない。並べるのは天天石鹸の定番商品、人気商品、新製品の三種類。白とピンクとグリーンがケースに映えて涼やかである。

　綺麗《きれい》そうなかけらは取り分ける。大阪駅のブースが好評で、最終日にはネットニュースの記事になったのである。

　そのサイトのアドレスをあちこちに送った成果で、名古屋には取材が来る。取材写真用にきれいな盛りをひとつ作っておかなくてはならない。

　設営が終わったら太陽は石鹸の補充とＤＶＤ係としてここに残り、光星は車に乗って名古屋近郊のドラッグストアと専門店を営業回りする予定である。

　鎌本ならこういうとき楽そうな補充係をやるところだが、光星は、太陽さん名古屋走りに慣れてないでしょと言って、自分から外回りのほうを取った。いい後輩である。こうなると明日の運転は自分がしてやらねばなるまい。

DVDは問題ないようだった。リモコンのボタンを押すと、テレビの中で広報課の皆瀬《みなせ》織子《おりこ》が、みなさん天天石鹸で正しく手を洗いましょう！　と話しはじめる。織子が名古屋のテレビにたまに出るせいか、主婦らしい女性が足をとめて眺めている。

「見ている人いてますね。始まる前ですけど流しておきましょうか」

セットを終えた光星が言った。

「そうだな」

「皆瀬さんって俺話したことないんですよ。どんな人ですか？」

「最高の笑顔でキツイこと言う人」

「いいっすね」

「うん、いい」

とりあえず光星と女性の好みは合うようだ。

ブースの洗面台のほうでは協賛の不動産会社の担当者が洗面台の設置をし、一緒に配るパンフレットとうちわを並べている。うちわには分譲マンションの広告がある。今日は暑いので重宝すると思う。

「——すみません、天天コーポレーションの方ですか？」

光星とふたりでブースの外にキャンペーンののぼり旗を飾っていたら、声をかけられた。声をかけてきたのは女性である。ロングヘアを肩に垂らし、ベージュのブラウスとスカートを着ている。

どこかで見たようなと思った。太陽は立ち上がり、女性と向かい合う。

「はい、そうですけど——あ」

「ウェブサイト『プライムファン』の社会部担当記者、遠藤《えんどう》と申します。連絡は本社のほうから行っていると思うんですが、取材のお願いを」

女性は言葉を止めた。

「——太陽？　なんでこんなところにいるの」

「六花《りっか》かよ！　それはこっちの台詞《せりふ》だよ！」

遠藤六花——太陽の一番長くつきあった元彼女は大きな目を見開き、びっくりしたように太陽を見つめた。

沙名子が営業部のフロアに入ったとたん、鎌本の声が聞こえてきた。

「——じゃあ大事なことを訊くけどさ、それは誰がやるわけ？　まさか俺に石鹸割れとかじゃないよね？」

鎌本は自分のデスクの前に座り、黒のパンツスーツ姿の女性へ向かって話している。

「大阪営業所の担当者と話しました。サンプルが届かなかったので、社員総出で手作業で割ったそうです。写真を見る限り、ワンブロックがちょうど、一個の石鹸の四分の一から六分の一程度です。大きいのも小さいのもあるので、逆に好きなのを選べるようです」

「手って。金槌かなんかだろ」

鎌本が呆《あき》れたように言った。

「割るのに何を使っているのかは大阪の担当者に訊きますよ。石鹸は三種類発注していますけど、新橋《しんばし》は人が多いので、ひとつずつ配ったらすぐになくなってしまうと思います」

鎌本に反論しているのは亜希である。

山野内亜希。異動してきたばかりの——正確にはトナカイ化粧品から配属になったばかりの営業部員だ。トナカイ化粧品でも営業担当だったので新人ではない。

亜希は背の高い女性だった。髪はうしろでひとつに縛り、化粧気はほとんどない。何か運動をやっていたのか、筋肉質のしっかりとした体つきである。パンツスーツの下の靴は黒のスニーカー。確かにパンプスで外回りの営業をこなすのは辛いだろう。鎌本の隣のデスクには、ビジネス用のリュックサックが置いてある。

「なくなったっていいんだよ。配るために手配したんだから。石鹸の切れ端もらったって誰も嬉しくないだろ。金出すのはほかの会社だし、駅の手洗いブースなんて、ＤＶＤ流せればそれでいい。成功したって大阪の手柄になるだけだし」

「今回は、インターネットのニュースサイトから取材が来るみたいなんです。ウェブサイトプライムファン。協賛企業がついているので、大阪のほうで小さい記事になったんですけど、好評だったから名古屋にも来たそうです。たぶん東京にも来ると思います」

「だから？」

「だから、もし取材があったら、そのときに石鹸がなかったら困ると思って」

「だったらそのとき用にとっときゃいいじゃん。まあ山野内さんがひとりで石鹸割ってくれるっていうなら止めないけど。——あ、森若さん何？」

鎌本は話を打ち切り、うってかわって愛想良く沙名子に顔を向けた。

「すみません、お話し中に。先週の会議費の精算の件について確認があります。立て込んでいるなら出直しますけど。よろしいですか」

「いいよいいよ、もう話終わったから」

さきほどまで怒っていたというのに鎌本は機嫌がいい。せいせいした顔で沙名子に向き直る。

沙名子は事務的に付箋《ふせん》紙の貼られた伝票を出した。

鎌本は機嫌の浮き沈みが激しい。口が悪いので警戒しなくてはならない。

鎌本には癖がある。女性に対して、直接的でない言い方で年齢やルックスや恋愛の話題を持ち出すのである。ひとつひとつは問題になるような発言ではない。相手を選んでいるらしく、希梨香《きりか》や美華には言わない。やめろと言うと喜びそうだし、上司に訴えたら恨まれそうだし、うっとうしいことこの上ない。ことに最近は以前よりもしつこくなった。

これは太陽が転勤になったことと関係があるのか？

太陽は鎌本と組んで仕事をしていた。新人だった太陽に営業の仕事を教えたのが鎌本である。そして太陽は鎌本のことが嫌いではない。それが沙名子にとっては不思議だ。見たところ鎌本は亜希にきつく当たっているらしい。太陽の後釜《あとがま》として鎌本に女性をつけるとは、吉村部長も何を考えているのかわからない。

「森若さんすみません。発注伝票なんですけど、これでいいですか」

伝票の修正をもらって戻ろうとしたら、亜希に呼び止められた。

鎌本は沙名子とのやりとりを終えてどこかに行ってしまっている。沙名子は足をとめて亜希のパソコンをのぞき込んだ。

「稟議の番号がないようです。そのほかは問題ないと思います」

「番号をどうやったら出すのかわからなくて」

「手洗いブースの稟議は大阪発案でしたよね。ここで大阪を選択したら出てきますよ」

「あ、本当ですね。ありがとうございます」

亜希はほっとしたように伝票のボタンを押した。

亜希のデスクの上にはファイルやカラーの紙が散っている。紙はどこかのサイトの記事を印刷したもののようだ。『天天コーポレーション　大阪駅で手洗いイベントを開催』の文字が躍《おど》っている。

沙名子は思わず目を止めた。手洗いイベントのブースといえば太陽の担当である。記事になっているとは知らなかった。

「手洗いブース、東京の担当は山野内さんなんですよね」

沙名子は亜希に声をかけた。

亜希は沙名子の視線に気づき、紙を手に取った。

「そうです。これ協賛企業の不動産会社が持ち込んで、プライムファンってニュースサイトに載ったんですって。それで同じサイトが、東京のブースも記事にしてくれるそうなんです。宣伝効果があるし、チャンスだと思うんですけど」

亜希は表情を曇《くも》らせた。前向きに仕事をしたいのだが、先輩である鎌本はやる気がない。それがもどかしいようである。入ったばかりの亜希が主導権を握るわけにもいかない。

「大変ですよね。販売課は男性ばかりだから特に」

沙名子は亜希をいたわった。慣れない職場で女性ひとり、組んだ先輩社員が鎌本ではストレスがたまると思う。

「そうですね。でもそれはわかっていたことですから」

亜希は言った。

「何かあったら総務部の小林《こばやし》課長に相談するといいですよ。女性です」

「ありがとうございます。社用車が走らないのと、汗臭いのだけは勘弁です。車で行くときは消臭剤を持参していますけど、これって経費で落ちますか」

「どうでしょう。落ちるかもしれません」

亜希が笑い、沙名子もつられて笑った。太陽もよく社用車が古すぎてスピードが出ないと嘆いていた。

「大丈夫です。わたし、わりと根性あるので」

沙名子が心配しているのがわかったらしく、亜希は明るく言った。おとなしいが気弱ではなく、胆力もコミュニケーション力もありそうである。営業向きかもしれない。

東京出張決まった――――！
来週金曜、光星くんと一緒に、東京の手洗いブース設営の手伝い
日帰りだけどホテル泊まる予定
あとで電話する！

『で、石鹸割り、いちばん下手《へた》なのが向田《むこうだ》所長なの。最後には向田さんは帰っていいですからってみんなで言ったんだけど、俺もやるってふくれちゃってさー』

スマホの画面の中で太陽が話している。

沙名子ははちみつ入りのカモミールティーを飲み、バスク風チーズケーキを食べながら太陽の話を聞いている。太陽は大阪営業所にすっかり慣れたようだ。どこへ行っても人気者なのは性格としかいいようがない。

「名古屋のブースはうまくいったの？」

『うん、まあまあ人来た。俺は見張りだったから楽だった。携帯禁止だから本読んでた』

「取材が来たのよね」

『あ——うん。——なんで知ってるの？』

「東京の担当者が話しているのを聞いたの。太陽が取材されているのかなーと思って検索してみたけど、なかったから」

『あー……うん、まあ』

太陽は歯切れが悪かった。缶ビールを一口飲み、思い切ったように言う。

『あの取材はさ、名古屋のブースの取材じゃなくて、全体の記事の一部みたいなもんなんだって。もう大阪のブースは閉じちゃってるし、東京で開催したときに比べるための画像が欲しいからって。ほかでもやってるけど、東京から名古屋なら新幹線ですぐじゃん。取材っていうより、写真を撮りに来たみたいな？」

太陽はやけに言い訳がましかった。領収書に私物の買い物が混じっているとき、ぺらぺらと余計なことを話してごまかそうとしているときに似ている。

「そのことに何か問題があるの？」

沙名子は尋ねた。

『いや、ないよ。その——取材に来た記者が、偶然にも俺の知り合いだったんだよね。大学にいたときの』

「友達？」

『つーか元カノ。——いやあびっくりしたなあ』

「……ふ……う……ん……」

沙名子は黙った。

太陽は缶ビールを置き、不自然に笑った。言葉を探している。

「——モトカノ。つまり——昔つきあっていた人ってことね」

『そう。大学のときね。最後に会ったの何年前かなあ。五年くらい前かもしれない。もうぜんぜん会ってなかったよ。入社したのは別の会社だったから気づかなかった』

五年前。太陽が天天コーポレーションに入社して一年目ということになる。

沙名子はあのあたりの太陽の姿を思い浮かべようとするが出てこない。今年入った営業部員はうるさくて苦手なタイプだと思ったことは覚えている。

「何年くらいつきあったの？」

『それ訊く？　えーと……六花は卒業して一年くらいまでだから……二年か三年くらいかな』

「──変なこと訊くけど、太陽って元カノ、何人いるの」

『いや……。数えたことないからわからないよ』

沈黙が落ちた。

沙名子は考える。太陽は何も言わないが焦っているのはわかる。口を開けば墓穴を掘る、これは太陽のせいではないということもわかる。

「──ごめん切るわ」

『あのさ、これだけは言っておくけど、本当に偶然だから。六花もびっくりしていたし。あと六花、絶対に変なやつじゃない。別れた理由もどっちが悪いっていうのじゃなくて、自然消滅だし。樹菜《じゅな》とは違うから』

樹菜。そういえばそんなのもいた。バレンタインデーに、SNSアカウントのメモつきのチョコレートを贈っていた。あれも元カノじゃなかったか。よく覚えていない。

「その人とお茶飲んだ？」

『ランチ食べたよ。久しぶりだったから。でも別に』

「やっぱり切るわ。ごめんね」

沙名子は通話を切った。

カモミールティーはまだ温かかった。急に部屋がしんとしたように思える。

太陽が東京へ出張することが決まったので、沙名子はいそいそと評判のチーズケーキを買い、はちみつ入りのカモミールティーを淹《い》れてビデオ通話に臨《のぞ》んだのである。なんなら部屋着と色つきのリップクリームとミニライトも買った。

太陽に、沙名子以前につきあっていた女性がいたのは聞くまでもなくわかる。

太陽の出身は神奈川県、卒業したのは都内の私立大学である。ひとりっ子でおばあちゃん子で高校のときはサッカー部、全方位から可愛がられて育ってきた男である。中学校、いや小学校、幼稚園から彼女がいたと聞いても驚かない。

そういう男がなぜ沙名子のような女を好きになったのか——というのは、落ち込みそうなので考えないようにしている。

沙名子に元彼はいない。彼氏を欲しいと思ったこともなかった。男女が恋愛というものをしているということは知っていたが、自分とは無関係の話だと思っていた。今だって相手が太陽でなければやりたくない。世の中に太陽以上の男はいないのだ。

——太陽は沙名子でなくてもいいが、沙名子は太陽でなくてはダメだということか？

思いついた考えに沙名子は震える。その取引だと足下を見られるのは沙名子のほうということにならないか。

わたしのこと好き？　どこが好き？　ずっと好きでいてくれる？

絶対訊けない。考えるだけで寒い。そんなことを言ったら太陽は偉そうになるだろう。

しかし訊きたい。元カノの存在に怒るとか、おかしいということがわかっているのに腹が立つ。

沙名子は唇を噛《か》み、ビーズクッションに頰《ほお》を埋《うず》める。自分が惨《みじ》めだと思った。理由はわからない。だからなおさらどうしようもない。


通話がぷつりと切れると、太陽はがっくりと肩を落とした。

やっちまった——しくじった。

東京出張が決まったとメールをしたとき、沙名子は喜んでいた。電話待ってるね、と珍しく浮かれた返信が来た。お互いの仕事も落ち着いてきたし、そろそろどこかの週末に会おうという話になっていたのである。

日帰り出張がちょうど週末なのはラッキーだった。休みを組み合わせてホテルをとって、ふたりで泊まろうと提案するつもりだった。久しぶりに会うので少しいい部屋にして、旅行気分で恋人らしく過ごそうと太陽も楽しみにしていた。

六花——元カノと偶然会ったことを沙名子に言うべきかどうかは迷ったのだが、仕事の関係者だけにどこかでバレそうである。六花は東京のブースの取材にも来るし、沙名子は勘が鋭い。何かのきっかけで悟ってしまうかもしれない。

あとからわかってしまったら、なぜ隠していたのかと痛くない腹を探られることになる。それ以前に太陽はこういうことを秘密にしたくない。束縛する気も疑いの気持ちもないが、沙名子にも男性とふたりで会ったなら教えてほしい。彼氏なのだから当然だ。

伝え方には気をつかったつもりである。会ったのは本当に偶然で、自分にとっては過去のことだし、会うのも五年ぶりだとちゃんと言った。

六花が取材をして、光星が営業に行ってしまうと昼の時間になっていた。新幹線の時間までまだ少しあるという六花を誘い、デパートのレストラン街で味噌カツ定食を食べた。ランチ代は太陽が払った。

取材記者がたまたま知り合いだったというのはチャンスである。どうせなら好意的に書いてもらいたい。営業部員なら誰もがそう思うのではなかろうか。

とはいえ妙な雰囲気になったら困ると思っていたら、六花はわたしには彼氏がいるんだよと先に写真を見せた。太陽はほっとして、自分にも彼女がいると六花に伝えた。

六花はＬＩＮＥ《ライン》の交換も持ちかけてこなかった。お互い今の相手を大事にしようねと言って別れた。さっぱりとした姉御肌のタイプ。そういうところが好きだったのだと思い返し、太陽は自分の見る目に感心した。

六花とはテニスとフットサルのサークルで一緒だった。六花は女子のリーダー格で、お笑い要員の太陽と気が合い、自然につきあうことになった。学生時代の後半を楽しく遊び、就職活動を励まし合った。友達を交えて飲んで騒いで、バカなこともたくさんした。そしてそれぞれが別の会社に就職し、会う機会がなくなって自然消滅した。

よくあることだと思う。お互いにとってその程度の相手だったということだ。そのことを沙名子に伝えておけばよかった。

太陽はベッドの上でぬるくなったビールを飲み、スマホを見る。沙名子は写真を撮られるのが好きではないのだが何枚かはある。デート中に隠し撮りしたものもある。

メールが来るかと思ったが来なかった。来週の太陽の出張のときにどうするか、何も決まっていない。

これくらいのことで怒っていたら、遠距離恋愛なんてできないだろうが――。

太陽は沙名子の写真を眺めながらビールを飲んだ。

どうにもわからない。嫉妬《しっと》かと思ったが、沙名子が元彼女などというものに嫉妬するだろうか。沙名子は太陽が社会人になってから初めての彼女である。好きでなければ毎週のように話すわけがない。

太陽は浮気はしない。沙名子に限らず、誰とつきあっているときもしたことはない。

今回の太陽はまったく悪くない。樹菜のときは少し悪かったが。

とはいえ沙名子が恋愛に慣れていないのは事実。交際して一年半になるが、いまだに慣れていないと思う。ささいなことに驚いたり考え込んだり、甘えることができなくて身動きとれなくなったりする。あんなに頭がよくて仕事もできるのに、どうして簡単なところでうろたえるのか不思議だ。

ビールを飲み終わるまで待ったが音沙汰《おとさた》がないので、太陽は諦《あきら》めてメールを打った。


来週の出張だけど、ホテルの部屋はツインにしてもいい？


了解です。

とれたら教えてください。


とりあえず返事が来たのでほっとした。拗《す》ねているわけではないようだ。

そっけないのはいつものことなので気にならない。太陽は明日の仕事にそなえ、空き缶をつぶして立ち上がった。

東京のブースは大きかった。大阪や名古屋のように駅の中ではなく、広い歩道の一角にある。屋外である代わりに広くて、屋根も柱もしっかりしている。テレビも大きい。屋根は布だが分厚くて、おそらく雨が降っても濡《ぬ》れることはないだろう。

場所は新橋。近くにはサラリーマンたちが行き交っている。大阪と名古屋の成功を受け、奮発したということなのだろう。手洗い推進というからにはもっと家族が多いところのほうがいいのだが、企画の主導権を握っているのが不動産会社のほうなので仕方がない。

「いやあ……大きいっすね」

スーツにリュックサックを背負った光星はつぶやいた。リュックはビジネス用ではなく、アウトドア用の大きなものである。

太陽と光星は不動産会社の担当者に挨拶《あいさつ》をすませ、テレビを設置して映るのを確認した。天天石鹸のダンボール箱が届いていたが、東京の担当者が来ないので勝手に開けるわけにはいかない。

「おはようございます、すみません、駐車場見つけるのに手間取っちゃって！」

手持ち無沙汰でいたら、大通りのほうからようやく見慣れた顔が現れた。

「あ、鎌本さん！　お久しぶりです」

「よう太陽、元気か」

鎌本は太陽に向かって手を挙げた。鎌本の隣にはビジネスリュックを背負い、大きな紙袋を持った背の高い女性がいる。

「山野内亜希さんですか。おはようございます」

光星が言った。

亜希は東京ブースのふたり目の担当者だ。会うのは太陽も光星も初めてである。トナカイ化粧品の営業部にいた女性としか知らない。背が高く、動きやすそうなパンツスーツにスニーカーを履いている。

営業部販売課の外回り担当に女性が入ったと聞いたときは驚いたが、メールのやりとりをした限りでは女性だからと気をつかう必要もなかった。太陽が開発したドラッグストアのルートもすんなりと受け継いでいる。

「はじめまして、山野内です。遅くなりましてすみません。ブースの設営は初めてなので、いろいろ教えてください。この洗面台は勝手に使っていいんですね」

亜希はビジネスリュックと紙袋を置いて言った。手に紙を持っている。大阪から送った写真をプリントアウトしたものらしい。

「そうですね。このあたりに石鹼を置くことになるかな、あとポスターとのぼり旗を飾って、無料配布用のあれこれはまとめたほうがいいかも。俺らは今日、あくまで手伝いなんで、バイトだと思って使ってください」

「わかりました。人の流れを見て、入りやすいように配置したほうがいいですね」

亜希はてきぱきと言った。名刺を持って協賛企業の担当者へ向かって挨拶をしに行く。異動したばかりだが営業には慣れているようだ。

「太陽、大阪のほうはどうなんだ」

鎌本が太陽に言った。

「面白いですよ。たこ焼き美味《おい》しいし。──鎌本さん、このダンボール開けていいですか。──って、石鹸そのままなんですけど、これは」

太陽は石鹸のダンボールを開け、中を見て思わずつぶやいた。

ダンボールに入った石鹸は、箱入りのままの手つかずである。

配布用に石鹸を割るというのは亜希にメールしておいたはずである。持ち帰りたい人には大きいブロックをとってビニール袋に入れて持って帰ってもらう。手を洗うだけの人には小さいブロックで洗ってもらい、その場で回収する。小さいブロックでも手首まで丁寧に洗えばよく泡立つし汚れも落ちる。苦肉の策だが、とにかく天天コーポレーションとしては固形石鹸を使って手を洗ってもらうのが狙いなので、石鹸がなければ話にならない。

太陽は三つあるダンボールを開けた。すべて石鹸は出荷されたままの状態である。

「そのままって」

「確か山野内さんに、石鹸が足りないので、配布用に事前に石鹸を手作業で割るって伝えたはずなんですけど」

「ええ？　なんだよそれ。山野内聞いてる？」

ダンボールから備品を取り出していた亜希は眉をひそめた。

「はい。鎌本さんにご相談したと思いますが……。そうしたら、鎌本さんが」

「いや俺は聞いてない。――太陽、その割った石鹸がなかったらどうなるの」

鎌本が遮《さえぎ》った。亜希はびっくりしたように鎌本の顔を見つめている。

「石鹸がなくなったら手洗いできなくなります。天天石鹸のブースなのに水洗いしてもらうわけにはいかないでしょう。ていうか、まるまる一個の濡れた石鹸、配布されても困るじゃないですか。サンプル間に合わないから、使えるブロックにするってアイデア出したんですよ」

「山野内～！」

鎌本は呆れたように亜希を呼んだ。

亜希は目を見開いていた。何かを言いかけてやめ、いったん唇を嚙《か》みしめてから口を開く。

「――ブースの開場は十時からですね。あと一時間。これからでも間に合いませんか」

「無理無理。ここでやるわけにはいかないだろ。どうすんだよこれ。誰が責任取るの？」

「いや、頑張ればなんとかなりますよ。石鹸はあるんだから。対策を考えましょう」

太陽は言った。

鎌本はトラブルが起こると投げやりになる。トラブルを解決するのでなく犯人探しをしようとする。そのことは長く組んでいた身としてよく知っている。

「これから本社戻って割りましょうか。それか、誰か本社から人を呼びますか？」

亜希が太陽に尋ねた。

「いや、本社まで戻る時間はないよ。鎌本さんの言うとおり、ここでは割れない。人通り多いし、設営もやらなきゃならないから。——いっそ今日は石鹸をひとつずつ配るか。どこかで割れる場所を探すか」

「——近くにカラオケボックスあるみたいですよ」

スマホを見ていた光星が口を挟んだ。検索していたらしい。

「漫画喫茶もあります。個室あり。設営は、俺らなら慣れてるからひとりでもできると思う。残りはそっちで石鹸割ったらどうですか。一時間あれば今日の午前中分くらいはできます。東京組と俺はそっちに行って、ここは太陽さんに任せるってことで」

太陽は考え込んだ。

「そうか。——でも金槌とかあるかな」

「こんなこともあろうかと、石鹸割りグッズ持ってきてるんですよ。俺、使える男なんで」

光星は自分のリュックサックを持ち上げ、にやりと笑った。

「実はわたしも持ってきています。もしかしたら使うかもしれないと思って」

亜希が自分のリュックサックのポケットから金槌とカッターナイフを取り出した。

「流石《さすが》やな」

「使える女です」

「けっこう力いるし、俺らが割ってきますって言いたいねんけど、太陽さんはここにいたほうがいいんですよね。取材あるかもしれないから。あ、取材する人ってね、太陽さんの元カノなんやって」

「こんなところで暴露しなくてもいいだろ！」

太陽は焦ったが、亜希は笑った。光星はその場の空気を和《なご》ませるのがうまい。

「――俺、これからほかの仕事あるんだけど」

鎌本がぼそりと言った。年下の光星がリーダーシップをとっているのが気にくわないようである。お願いしますと言われるのを待っている。

「そうっすか。人数いたほうがいいんだけどなあ」

「営業部にグループＬＩＮＥして、時間がある人に来てもらいましょうか。いいですか、鎌本さん」

「俺がやんの？」

「いえわたしがやります。おかまいなく」

「じゃ急ぎましょう。あそこに台車ありますね」

「あれはあっちの会社のだろ」

「借りましょう。なきゃ手で運びます。じゃ俺と山野内さんが石鹸割るから、鎌本さんと太陽さんはここにいて設営してください。いいですかそれで」

「わかった。石鹸割る場所、決まったらＬＩＮＥくれる？」

「ＯＫです。十時までに一回、できた分持ってきます」

光星はてきぱきと言った。さっさと不動産会社の社員に台車を貸してほしいと交渉している。快諾されたようだ。

光星と亜希はダンボールを積んだ台車を押して大通りに出ていった。

亜希はしっかりしているし、光星が理想の後輩すぎてほれぼれする。自分が光星と同い年のときはこうはいかなかったと思いながら太陽は振り返り、鎌本が不機嫌なことに気づいて表情を引き締めた。


沙名子が経理室で朝の郵便物の仕分けを終え、マグカップを手にお湯が沸くのを待っていると、真夕が早足で入ってきた。

「森若さん、経理部って、キリとか金槌とかナイフとかありましたっけ？」

真夕は手に伝票を持っている。営業部に何かの確認のために行ってきたところなのである。

「何に使うのですか?」

毎朝の日課、スターバックスのコーヒーを飲んでいた美華が尋ねた。

「今、営業部で聞いてきたんですけど、新橋で手洗いブースやってるじゃないですか。ちょっと人が足りなくて、手の空いてる人が新橋に向かうんだそうです。それで、キリと金槌とナイフを一緒に持ってきてほしいって」

「庶務課へ行けばあるんじゃないの?」

「金槌はあったけどキリがないみたいで。ホームセンターもまだ開いてないし。急ぎなんで、とりあえず使えそうなものを持っていくって言ってました」

「千枚通しならどこかにあると思うわ」

沙名子は言った。美華が怪訝《けげん》そうに聞きかえす。

「千枚通し?」

「昔、書類の束に穴をあけるのに使っていたみたい。わたしは使ったことがないから、見つかるかどうかはわからないけど」

「それでいいのかな。訊いてきますね」

真夕が経理室を出ていくと、沙名子は経理室の隅《すみ》のロッカーに向かった。

古い伝票やら簿記の教科書やらワープロやらCDやら、何に使うのかわからないコードやら、雑多なものをとりあえずしまっておいている場所である。埃《ほこり》っぽくてむせそうになる。この中のどこかに千枚通しがありそうだ。

「こんな場所があったのね。これ、使わないいんじゃないの？」

中のものを取り出していると、美華がやってきて珍しそうにのぞき込んだ。

「そうですね。捨てるタイミングがなくて置いてあるだけだと思います」

「キリとか、何に使うのかしら。営業部に穴をあける仕事があるの？」

「営業部は突然、よくわからないものが必要になるんですよ」

沙名子は言った。何年も細かい領収書を処理しているので何が必要になっても驚かない。理由をはっきりさせろと思うだけだ。

美華は文句を言いながら沙名子と並び、中をあさり始めた。

沙名子はロッカーを美華に任せ、こっそりとスマホを確認した。

新橋の手洗いブースというと、太陽が担当している企画である。太陽は設営の手伝いのために新橋にいるはずだ。東京の担当者、鎌本と亜希も行っていると思う。

太陽からの連絡はなかった。沙名子はスマホをしまい、腕まくりをしてほかの古い引き出しを開け始める。

トラブルがあってもなくても太陽のことだから本社に顔を出すだろう。沙名子と久しぶりに会うのはそのときということになる。出さなくても定時後に、食事をするために待ち合わせてある。

最後の会話をああいう形で終わらせたあと、太陽からメールがあったときにはほっとした。

これまでさんざん話してきたわけだから、久しぶりに会うといっても特別なことではない。こっちにいたときも、二カ月くらいふたりきりで会わなかったときもある。

今、太陽が新橋にいるからといってどうということはない。

そもそも沙名子は怒っているのである。現彼女と一緒に食事ができないというのに、元彼女とランチをすることはないではないか。自分をなだめるため、次の日にいつもの寿司屋で予定外のコースを食べてしまった。

「森若さん、これですか？」

考えるなと呪文を唱えながら引き出しを開いていたら、美華が尋ねてきた。

ロッカーにそれらしいものがあったらしい。美華が持っているのはマジックで経理部と書いた、埃まみれの千枚通しである。思っていたよりも大きく、先が鋭い。何十センチもある書類の束を一刺しできそうだ。ぶっそうな事務用品があったものである。

「これですね」

埃を拭いていたら、経理室に真夕が入ってきた。

「営業部の人たち、もう新橋に向かっちゃってました。でももしも千枚通しが見つかったら、できれば届けてほしいって」

「じゃわたしが行きます」

沙名子は間髪容《かんはつい》れずに答えた。真夕が目をぱちくりさせる。返答が早すぎたかなと沙名子は反省した。


「鎌本さん、ほかの仕事行かなくていいんですか？」

太陽は尋ねた。

太陽はブースの設営をしている。　もうすっかり慣れた。

洗面台の場所をわかりやすいように移動し、石鹸のケースを飾り、外側に貼れるだけポスターを貼る。テレビの位置も道から見えやすいようにした。今は亜希の持ってきたトナカイ化粧品のサンプルを、無料配布のうちわと合わせてビニール袋に入れる作業をしている。

十時までに間に合うかどうかギリギリといったところだ。ポスター貼りを不動産会社の担当者にまで手伝わせてしまった。

「まだ時間あるから」

鎌本はビニール袋にサンプルを入れながら言った。なんだかんだ太陽を手伝っている。

文句は多いがやるときはやるのだ。

「山野内さん、けっこうしっかりしてますよね。俺安心しましたよ」

「ブスだけどな」

「ブースだけに。って何言ってるんですか鎌本さん」

思わず誰か聞いていないか見回してしまった。鎌本が女性社員に嫌われるのはそういうところである。言われたのが沙名子なら、あとで自分が代わって思い切り褒めてやるところだ。

もしかしたら俺が鎌本さんを甘やかしたからいけなかったのかなどと考えながら配布物をせっせと作っていたら、駅の方面から沙名子が歩いてくるのが見えた。

太陽は思わず立ち上がり、目をこらす。そっくりさんかと思った。このところ沙名子のことばかり考えていたから幻を見たのかと思った。

「山田《やまだ》さん、お疲れさまです。経理部の森若です。営業部の立岡《たちおか》さんにお届けものがあって来たのですが」

沙名子は太陽のもとへまっすぐにやってきて言った。

淡いグリーンの香りが一瞬漂う。私服だった。初夏らしいふわりとしたワンピース。色味の少ないナチュラルメイク。まっすぐに下ろした髪がキラキラと光っている。

やばい可愛い。実物は違う。そういえば最近はいつも部屋着だった。きちんとメイクをした沙名子を見るのは転勤して以来である。

「え——あ——ああ。森若さん」

太陽は口ごもった。

「お久しぶりです、山田さん。大阪に転勤して以来ですね」

沙名子は言った。

こんなところで会うとは思っていなかったので、心構えができていなかった。鎌本がいなかったら別の会話ができるものを。太陽はこらえて真面目《まじめ》な表情を作り、沙名子に向き直った。

「——そうですね。届け物というのは？」

「千枚通しです。何に使うのかわかりませんが、営業部の方たちがこちらへ向かったあとで、経理部で見つかりました。立岡さんにはＬＩＮＥしてあります」

沙名子はバッグに手を入れ、細長い封筒を取り出した。

封筒の中からアイスピックのようなものを取り出す。沙名子がやると刀を抜くようで、なかなか凄《すご》みがある。これで石鹸に最初の割れ目を入れるのだ。そういえば光星から、キリが一本しかない、太陽さん持っていませんかというＬＩＮＥが来ていた。

「立岡さんたちは近くのカラオケボックスで作業しています。——あ、俺が案内しましょうか。なんなら一緒にそこまで」

「案内なら俺がするよ。おまえはいつ取材が来るかわからないだろうが」

ふたりきりになろうと思ったのだが、鎌本に遮られてしまった。

沙名子は刀――ではなくて千枚通しを持ったまま鎌本に目をやった。

「大丈夫です。場所を教えていただけますか？　持っていきます」

「はい。――えーと、メールでいいですかね」

「仕事用のＬＩＮＥにお願いします」

沙名子は太陽を見て言った。そんな怖い顔をしなくても、鎌本さんの前でプライベートのスマホに連絡しませんよと言いたくなる。

「森若さん、仕事抜け出してきたんですか。申し訳なかったです」

「いいんです。わたしも見てみたかったので」

「俺の顔を？」

「ブースをです」

「太陽さあ、そういうのセクハラだろ。気をつけろよ。――あ、森若さんこれから本社に帰るんだよね。だったら一緒に行くよ。カラオケボックス俺が案内するから」

鎌本がやけに機嫌のいい声で割って入る。普段は沙名子の悪口ばかり言っているくせに、なぜ一緒に帰りたがるのかわからない。

「いえ。寄るところがあるので」

沙名子は断った。鎌本が届けてくれればいろいろと丸く収まるのだがと思いながら、太陽は沙名子の仕事用スマホにカラオケボックスの地図を送った。

「山田さん、今日は本社に来ますか？」

「そうですね。ほかにも仕事があるので。でも定時前には終わらせる予定です」

「では行きます。手洗いブース、盛況だといいですね」

「はい、ありがとうございます。頑張ります！　森若さんが来てくれたんで、うまくいくような気がします！」

沙名子は少し笑った。

このままダラダラと話していたいが、太陽には仕事がある。千枚通しも早く届けねばならない。沙名子と会えて元気が出たのは嘘《うそ》ではない。今日の仕事ははかどりそうである。終わったら沙名子とふたりになれる。

太陽は沙名子との話を打ち切って作業に戻ろうとし、近くに別の女性がいることに気づいて顔をあげた。

「おはようございます。太陽、もう準備終わってるの？　十時からって聞いていたけど大丈夫？」

ウェブサイトプライムファンの遠藤六花——太陽の元カノは、片手にスマホを持ったまま、首をかしげるようにして太陽に尋ねる。

少し離れたところで沙名子が足をとめ、振り返った。

「──あ、紹介します。鎌本さんです。俺の──ぼくの先輩で、東京の担当者です。鎌本さん、プライムファンの遠藤さん。名古屋のほうにも取材に来ていただいて」

太陽はとりあえず六花に鎌本を紹介した。

人を紹介するときは、身内を呼ぶのが先、目上の人のほうがあとと叩き込まれている。六花と鎌本、どちらが身内でどちらが目上なのかと一瞬迷った。

「鎌本です。──えーと名刺」

鎌本は名刺入れを取りにバッグにまで戻っている。

六花はスカートをはいていた。足下はヒールの高いパンプスである。そういえば名古屋で会ったときもスカートだったと太陽は思い出す。

六花は行動的で、もとからあまりスカートははかなかった。社会人になって年が経つと変わるものか。まして六花が働いているのは華やかなネットメディアの業界である。

「早すぎたかな。出直したほうがいい？」

六花は言った。太陽は時計を見る。九時四十五分。光星はまだ割った石鹼を持ってこない。

「そうだな。本当ならもう大丈夫のはずなんだけど、トラブルがあって。あと少しで来ると思うから、石鹼の写真だけ後回しにしてもらえると――」

太陽は鎌本を見た。今日の担当者は鎌本である。太陽が勝手に決めていいものではない。鎌本を待っている間に六花は早足で沙名子に近寄っていった。沙名子は少し離れたところで地図を確認していたのである。

「こんにちは。天天コーポレーションの方ですか？　プライムファンの遠藤六花といいます。お話を伺わせてください」

六花はバッグから名刺を取り出し、沙名子に渡した。

「天天コーポレーション経理部の森若沙名子です。たまたま来ただけなのでお話しすることはないです。ごめんなさい」

沙名子が言った。いつもの事務的な声である。

「そうですか。女性の意見を聞きたいと思ったものですから。たまたまというとどんな？」

「足りない備品を届けに来たんです」

六花はヒールの高いパンプスを履いているので、向かい合うと沙名子のほうが小さい。ふたりはちょうど身長が同じくらいなんだなと太陽は考えた。ほっそりとして足がきれいだ。なるほどこれが俺のタイプなのか。

「新作の天天石鹼、遠藤さんにも使っていただけると嬉しいです。失礼します」

沙名子は六花に向かって一礼し、横をすり抜けた。

太陽には目を向けずに大通りへ向かっていく。怒っているのかこれが普通なのか。六花が太陽の元カノであるということを認識しているのかしていないのか。太陽にはわからない。

「──どうも、天天コーポレーション営業部の鎌本義和《よしかず》です。このたびは取材いただきありがとうございます」

なんとなく沙名子の背中を見ていたら、鎌本が六花に挨拶をしていた。

「いえ、こちらこそお世話になります」

六花が答えて名刺を渡す。ここは任せてよさそうである。

通りの向こうにワイシャツ姿の光星が見えた。ダンボールを載せた台車を押してこちらへ向かってくる。太陽はひとまず安心した。


指定された和食店へ沙名子が入っていくと、六花は先に来て隅の席に座っていた。

「こんばんは、森若さん」

六花は穏やかに言った。

連絡をしてきたのは六花のほうからである。天天コーポレーションの代表電話から経理部の森若さんにと名指しでかかってきた。

六花は真正面から行くタイプらしい。会社にプライベートな電話をしたことを謝り、自分の連絡先を告げ、お会いしたいのでアドレスを教えてくださいと言った。

口調は丁寧だった。ニュースサイトに出た記事も知的で好感の持てるものだった。真っ当な社会人女性だ。もしも沙名子が話すことはないと言ったらすぐに引くのに違いない。

むしろ非常識な人間だったら、太陽を間に挟んだ露骨な敵意があるならば、戦う姿勢になれるのだが。

沙名子は六花に、あまり使っていないメールアドレスを教えた。

つまり、今日会うことになったのは沙名子の意志でもある。

「お酒は飲めますか？　森若さん」

「ノンアルコールビールをお願いします」

「わたしもそれで。そうですよね、仲良く飲み交わすってわけにはいかないですよね」

六花も少し緊張しているようだった。ぎこちなくメニュー表を開き、料理を注文する。

七分袖《そで》のシャツと銀色のピアス。ブースで会ったときよりも美人だ。仕事帰りらしく髪をまとめている。沙名子は胸もとのネックレスがよく見えるようにニットの襟《えり》もとを正す。

違う会社の女性とプライベートで食事をするなど、入社してから初めてではなかろうか。

料理が来た。新鮮な雲丹《うに》の天ぷらに醤油《しょうゆ》を少しつけて食べる。ノンアルコールビールよりも日本酒が欲しくなる。六花とは料理の好みが合うようだ。今度、太陽と来てみようかなとふと思い、負けたような気分になった。

「遠藤さん、わたしの顔を知っていらっしゃいましたよね。写真を太陽さんから見せてもらいました？」

沙名子は尋ねた。六花はノンアルコールビールに口をつけながら静かに答える。

「ちらっとね。名古屋で会ったときに。森若さん、わたしが太陽とランチを食べたことは知っています？」

「知っています」

「わたしに彼氏がいるってことは？」

「知りませんでしたけど。別にどちらでもいいです」

「そうですか。――ランチを食べているときに、彼女の写真見せてって太陽にお願いしたんです。どういう人なのかは教えてくれなかったけど。わたしの彼氏の写真を見ておいて、自分が見せないはないでしょう。太陽も本当は見せたくてたまらなかったんだと思います」

そうだろうと思った。沙名子は太陽の軽率さにがっくりする。

手洗いブースで、六花はわざとらしく太陽を呼び捨てにした。それから沙名子に近寄ってきた。沙名子が太陽の現在の交際相手であることを知っていて挑発したのだ。

沙名子はそのことに気づいた。六花も沙名子が気づいたことをわかった。沙名子と六花は向かい合い、数秒の間に相手をジャッジした。

　太陽は関係なかった。だから沙名子は名乗った。こんなことで通じ合いたくなかったが。

「ああいう人ですからね、太陽さんは」

「そう、ああいう人。昔からまったく変わってないです。大好きでした」

「今も？」

「わたしには彼氏がいるって言ったでしょう。なんなら写真見ます？」

「いえ結構です。──好きでないならなぜ名古屋に行ったのかと不思議だったので」

「名古屋？」

　六花の声がわずかに低くなる。

「検索をしてみましたが、名古屋の記事は出ていなかったので。東京のだって大きな記事ではないでしょう。ネットメディアの方が、わざわざ出張費をかけて行くものでもないと思って」

「ああそうですね、名古屋に行ったのは自腹です。でも珍しいことじゃないですよ。わたしもけっこう責任を持たされるようになってきたし、なんでも興味を持ったら見に行っていいって社風なんです。新幹線でたった二時間ですから。あのときは遠くに行きたい気分だったんですよ」

「太陽さんが担当者だったということは知っていたんですよね。大阪の記事に出ましたから」

「わたしは太陽が就職活動をしていたときにつきあっていましたからね。天天コーポレーション、営業部の二十八歳山田さんという名前があったら、あれって思いますよ」

六花はノンアルコールビールに口をつけ、何でもないことのように言った。

「ささやかな応援ですよね。頑張っているなあって思って、東京でも記事を書かせてもらうことにして、名古屋のブースを見に行ったんです。天天コーポレーションにとっても悪い話じゃないと思いますけど」

六花は笑い、沙名子は黙った。

六花は沙名子の知らない太陽を知っている。痛いところをついたつもりが逆にマウントをとられてしまった。沙名子にこういうのは向いていない。うしろめたい社員を追及するのには慣れているが。

六花は空を見つめ、楽しそうにつぶやいた。

「大学四年のとき、太陽がいきなり天天コーポレーションに入るって言い出したときはびっくりしたなあ。理由は最後までわからなかった。太陽なら大手にも入れたと思うんだけど」

「条件よりも相性を重視したのではないですか」

太陽が天天コーポレーションに入ったのは、確か案内をした皆瀬織子が美人だったのと、ビルに入っていいじゃんと思ったからだ。これが本当の理由なのか確証は持てないが、ここはこう言うしかない。

六花はほんの少し不機嫌になった。沙名子は重ねて尋ねる。

「元彼ってそんなに気になるものですか？」

「普段はそうでもないんですけど。気になる時期だったんです」

「五年も前に別れて、今の彼氏もいるのに？」

「──わたし、誕生日だったので。二十九歳の」

沙名子はグラスを持った手を止めた。

六花はしまったという顔をした。

「同い年です。学年は違いますけど」

沙名子は言った。六花は少し気まずそうにメニュー表を取り、給仕を呼んだ。

「すみません、ビール頼んでいいですか。森若さんも飲みます？」

「日本酒のリストをいただけますか」

こんなことで張り合っても仕方ないが、飲まずにはいられない。

「そういう時期ってないですか。誕生日が来たりとか。友達が出産したりとか。仕事がつまらなく思えたりとか。彼氏とうまくいっていないわけではないけど、この人でいいのかって考えてしまったりとか。過去の決断は正しかったのか確認したくなるときが。確認したからといってどうにかなるものでもないのに」

新しいグラスが来るまでの間に、やや言い訳がましく六花は言った。

「あります。――わたしは二十七歳のときでした」

日本酒のリストを眺めながら沙名子は言った。こうなったら呑んだことない純米吟醸《ぎんじょ》酒《しゆ》を頼んでやる。ついでに鯛《たい》と海老《えび》の天ぷらも追加してやる。

「二十七歳のときに何かあったんですか」

意外そうに六花が尋ねた。

「男性に興味がないと思っていた友人に、彼氏ができたと報告されました。その友人は今年、その人と結婚しています。――すみません、蓬萊泉《ほうらいせん》の吟をください。冷酒で」

「そのとき何かしました？」

「しました。思い立ってひとり暮らしを始めてしまいました」

「ひとり暮らし！　わかる。あとひとり旅とか。転職サイトとか婚活サイトをやたら見ちゃったり。習い事始めちゃったりしませんでした？」

「それは、別に」

六花が思いがけず前のめりになっているので、沙名子は慌てて否定した。太陽の元彼女とこんなところで一致したくない。

ビールと日本酒が来た。ガラスのぐい飲みがふたつある。沙名子が手酌《てじゃく》する前に六花が取って注ぐ。沙名子は黙って天ぷらを食べ、日本酒を飲んだ。

「太陽さんと、どうして別れたんですか」

しばらくたってから沙名子は切り出した。

六花は沙名子を見た。ビールのグラスはもう半分ほどになっている。

「太陽はなんて言っていたんですか？」

「自然消滅だって言っていました。太陽さんのことだから嘘ではないと思いますが、そもそもわたしには自然消滅というものがわからないので」

沙名子は言った。

ずっと知りたかったが太陽に訊くのもはばかられた。この質問をするために会ったようなものだ。あんなにいい男とどうやって自然に離れることができるというのだ。

六花はビールを黙って飲んだ。グラスは空になった。しばらく間を置き、諦めたように口を開く。

「大したことじゃないです。あるとき連絡をやめてみたら、太陽から連絡が来なかった。それで終わりました」

「連絡――ですか？」

「そう。気づいたら連絡はいつもわたしからでした。会うのもほかの友達と一緒のほうが多かったです。あまりふたりになりたがらないんですよね。わたしとつきあうのは楽だったと思いますよ。で、あるとき悔しくなって、連絡をやめてみたんです。そうしたら太陽からの連絡は来ませんでした。クリスマスもお正月もスルー。営業だから忙しかったんでしょうね」

本当なのか。太陽は出張先からメールをしてくる男である。クリスマスもお正月もバレンタインデーも大好きだ。ＬＩＮＥしようとうるさいのを断っているくらいである。

六花はグラスのビールをとりかけ、空なのに気づいた。沙名子はガラスのぐい飲みを六花の前に置き、黙って冷酒を注いだ。

「ずっと待ったし、泣いたし、どうせならしっかり振ってほしいと思ったりもしました。最後にすがろうかとも思ったけど、プライドが邪魔してできなかった。それだけです。そんな程度だったってこと。——太陽の中で自然消滅ってことになってるならそれでいいです」

六花は早口で自嘲《じちょう》した。鯛の天ぷらに粗塩をつけて食べ、日本酒を飲んだ。おいしいと小さくつぶやく。

「ビールをもう一杯飲みますか」

沙名子は尋ねた。

「そうですね。雲丹の天ぷらまた頼みます?」

「頼みましょう。おいしかったです。あとお刺身の盛り合わせと、鰤《ぶり》大根」

「鰤大根いいですね。――わたしとしてはね、かっこ悪くてもすがればよかったかなって、ずーっと悔やんでたんですよ。太陽だったら、本気でぶつかったら捨てなかったんじゃないかって。優しいですからね、あいつ」

「今回、すがるために名古屋に行ったんですか」

「そういうわけでは」

六花は言いかけてぐい飲みを持った手を止めた。

「――そんなつもりはなかったけど、誘われたらどうしようって考えていました。太陽はそういう人じゃないし、わたしも彼氏を裏切るつもりはないんで、あり得ないんだけど」

新しいビールと料理が置かれた。沙名子と六花は無言で揚げたての天ぷらを食べ、日本酒とビールを飲む。雲丹は中心がまだ生雲丹の状態で、いくらでも食べられる。

沙名子は妙な気分になっている。料理もお酒も美味しいし、六花の声はトーンが落ち着いていて嫌ではない。太陽の元カノだというのに。

「領収書をもらったんですよね。太陽」

油断してはいけないと自分に言い聞かせつつ日本酒を飲んでいると、六花がふいに言った。

「領収書？」

沙名子は聞きかえした。酔いが少し冷めた。

「名古屋でランチを食べたときに。宛名《あてな》は天天コーポレーションでって。わたしが目の前にいるのに。それで諦めがつきました」

「ああ――。それは経費で落ちますね」

「わたしは誕生日だったんですよ。二十九歳の」

二杯目のビールを飲み干して、六花はことりとグラスをテーブルに置いた。

「太陽からランチに誘われたとき、覚えているんだと思いました。嬉しかった。だから、これみよがしに彼氏の写真見せたりしました。でも違いました。太陽って優しいと思ってたけど、実はすっごく冷たいんじゃないですか。――森若さん、これまでに太陽から連絡が途切れたことがありますか？」

六花は沙名子を見つめて尋ねた。もしかしたら六花はこのことを尋ねるために沙名子と会ったのではないかと思った。二十九歳の女の、過去の決断に対する確認である。

「ありません」

優しさと最高のマウントを込めて、沙名子は言った。

六花の体から力が抜けた。泣いているような笑っているような顔になる。

「……そっか……」

本当はなくもない。たまにメールも電話もない期間がある。しかしそのことを言うつもりはない。自分が六花と同じように怯《おび》えていることに気づかれたくないし、気づきたくもない。

　沙名子は太陽が憎くなる。いつか太陽からの連絡が途絶えるのか。そうなっても絶対にすがってなんてやるものかと思う。そうなる前に自分から振ってやる。それともいざそうなったら自分を見失って醜態《しゅうたい》をさらすのか。そのほうがいいのか。五年も経ってから何かの確認をするために会いに行ったりするのだろうか。

　六花は目尻を指先で拭くと、日本酒のリストを開いた。

「もう少し飲んでいいですか。わたし、森若さんのことが好きですよ。太陽って、見る目があると思いません？　自分が言うのもなんですけど。ただのバカな男ならいいのに。本当にムカつきますよ」

「わたしもそう思います。自分で言うのもなんですが」

　沙名子は最後の日本酒を飲み干し、リストを向かいからのぞき込んだ。

　六花に認められて安心した。感謝したいくらいである。この際、六花の愚痴《ぐち》を聞けるだけ聞いてやろうと思っている。


　太陽は新大阪駅の新幹線改札に向かっていた。

　休日前の夜である。午後六時半――沙名子は半休を取って、まもなく到着する新幹線に乗っている。太陽は新大阪駅に迎えに行く約束をしている。

定時に終われば余裕があったのだが、その日は外回りだった。沙名子に道が混んでいて間に合わないとメールしたら、どこかのカフェで待っているから気にしないでという返事が来た。

なんとか間に合ったのは光星が気をきかせてくれたからである。

「彼女が大阪に来るんなら、営業所戻ることないでしょ。積みおろしと日報は俺がやっときますから。新大阪つけますよ」

光星は高速道路を下りながら気楽な調子で言った。

「悪いな」

「お互いさまっすよ。太陽さん、遠距離ってきついすか」

「慣れれば別に。うち東京出張多いしな」

「むしろ遠距離のが楽ってないですか。話すのは電話で済ませて、たまーに会って。面倒なさそうやなって思うんですけど」

「いやー、やっぱり実物のほうがいいもんだよ」

光星は新大阪駅の近くに社用車を停《と》め、太陽を降ろしてさっさと去った。

太陽が新幹線改札の前で待っていると、小さなキャリーケースを引いた沙名子が歩いてくるのが見えた。太陽は手を振った。

沙名子は太陽に気づき、早足になった。改札を抜け、太陽の横に並ぶ。

「遅れると思ってた」

「光星くんに任せてきた。後輩なのに頭が上がらん。沙名子、大阪来るの初めてだっけ？」

太陽は尋ねた。沙名子は会社にいるときとは違うナチュラルメイクで、体を締め付けないニットとロングスカートを着ている。ネイルだけは猫模様。こういうのも悪くない。

「旅行に来たときに寄ったことがある」

「たこ焼きもお好み焼きも串カツも焼き肉もうどんも美味しい。何か買って家で食べようか」

「どこかで食べていかないの？」

「早くふたりになりたい。昨日、俺の部屋めちゃくちゃ丁寧に掃除した」

太陽が言うと、沙名子は笑った。

その笑顔がこれまでになく綺麗で、太陽はどきりとする。俺の彼女はこんなに美人だったろうかと思う。太陽は沙名子の歩調に合わせて歩き、自然に手をつないだ。

第四話 それは経験と能力の差です！

「今日から経理部に入ります、岸涼平《きしりようへい》です。トナカイ化粧品では総務部にいました。よろしくお願いします」

涼平が入ってきたのは七月の最初の月曜日だった。

二十七歳——真夕《まゆ》と同学年ということになる。クリーニングから出したてのようなスーツとワイシャツ、水玉模様のネクタイ。サブカル好きの大学生といった雰囲気の、線の細い男である。涼平は緊張した面持《おもも》ちで経理部の五人と対面した。

「こっちから田倉《たくら》、麻吹《あさぶき》、森若《もりわか》、佐々木《ささき》。ゆっくり教えてもらえばいいぞ。この四人は精鋭だからな。経理についてはなんでも知ってるぞ！」

新発田《しばた》部長が誇らしげに紹介し、四人は立ったまま聞いている。

冗談のつもりらしいが笑えない。勇太郎《ゆうたろう》は面倒そうな、美華《みか》は観察するような目で涼平を見ている。いつもなら空気を読んで笑ってあげる真夕でさえ複雑な表情である。

経理部員は好きで精鋭になったのではない。そこそこ几帳面《きちようめん》でそこそこの責任感があるだけだ。人数が少ないから人に押しつけることもできず、仕事をこなしているうちに全員が自分なりのやり方を確立してしまった。忙しくてもサービス残業はしないし有給休暇は意地でも取る。情報を共有してフォローし合っているのは自分が休むためには周りにも休んでもらわなければならないからだ。

性格は違うがこのあたりの感覚は共通している。あるいは古参である勇太郎と沙名子《さなこ》の姿勢がそうだから、真夕と美華もそうなったのかもしれない。

上司にもいろいろなタイプがいると気づいたのは最近である。

去年退職した新島《にいじま》総務部長は穏やかな好々爺《こうこうや》のタイプだった。部員は部長を尊敬し、自然に助けてやろうと思っていたようだ。今もそういう空気があって、総務部員はゆったりと仕事をしている。

吉村《よしむら》営業部長は体育会系で、威圧的だが懐《ふところ》が深い。部員の性質を見極めて使いこなそうとするし、明らかに仕事のできない営業部員であっても、一回子分になったからには気にかけている。営業部員が多いのは、吉村部長が自分の勢力拡大のために数を集めた結果である。

最近になって新発田部長は精鋭を求めるタイプだと気づいた。仕事のできない部員をふたり入れるよりも、できる部員をひとり入れたいと考えているようだ。

そういえば以前、仕事ができそうにない社員を経理部員にするのはどうかと尋ねられたことがあった。入ってくるならフォローをすると答えたが、結局新発田部長は断った。彼の代わりに入ってきたのが美華である。確かに彼が三人いるよりは美華がひとりいるほうが助かる。

新発田部長は人材に効率を求めている。きっとまとめるのが面倒なのだろう。気持ちはわかる。しかし、ひとりでも倒れたらパンクするという状態で能力にこだわるのはどうなのだ。精鋭というのならそれなりの報酬を支払えというのが本音である。

経理部に新人が入ることになったと聞いたのは先週だ。できるなら経験者がよかったが、贅沢《ぜいたく》は言わない。トナカイ化粧品で総務課にいた二十七歳の男性というだけで十分だ。新発田部長にしてはよくやったというべきなのかもしれない。

「岸くんは静岡工場へ行っていて、先週戻ってきたところだ。席は真夕の隣でいいかな」

「え。あたし?」

突然名指しされた真夕が、びっくりしたようにつぶやいた。

「当面は真夕の手伝いをやってもらうつもりだから。ちょうどボーナスの計算もあるしな。いろいろ教えてやってくれ、頼むぞ」

新発田部長は真夕を見つめて言った。

ということは当分、沙名子は無関係でいられそうである。中間決算まで間があるし、それまでには戦力になっていることだろう。沙名子は安心した。


「——勤怠《きんたい》情報はここを開くと出てきます。でもこれはタイムカードのデータだから正確じゃないです。打刻忘れとかしょっちゅうだし、訂正が遅くて反映されていない場合があります。全部見て、おかしいところは確認したほうがいいです」

　真夕が席で涼平に仕事を教えている。

　沙名子は向かいの席で仕事をしながら聞いていた。真夕は人にものを教えるのは苦手だと言っていたが下手《へた》ではない。涼平も飲み込みが悪いほうではないようだ。

「そのほかに毎月、月初めに総務部へ行って、労務状況と昇給、昇進、引っ越しとかのファイルを借りてきてチェックします」

「それはＰＣで閲覧できないんですか」

「できますけど見にくいんですよ。あと平の経理部員にはアクセス権がないです。頼めばもらえるだろうけど、ファイルを借りればすむことなので。いろいろ試してみたけど、結局これが一番早くてミスが少ないってことで落ち着きました」

「わりとアナログ……ですね」

　涼平は遠慮がちに言った。

　真夕は困ったような顔でうなずいた。

「そうですね。うちってけっこうアナログなんですよ。あと、あたしが苦手なんです。小心者なので、個人情報が流出したらと思うと。アクセス権をくれると言っても拒否したいです」

　真夕は本当に怖そうに言い、涼平はうなずいた。

「わかります。ぼくも以前は総務部にいましたから」

「あ、そうでしたね。個人情報のアクセス権を持つのって怖くありません？　いたたまれないというか。知りたくて知っているわけじゃないのに申し訳ない気持ちになったり」

涼平は首をひねった。

「取り扱いには注意していましたが、それはなかったかな。データとして見ていたので。それぞれの情報なんて覚えていません」

「そうですか。経理部向きかもしれないですね。そう考えるとあたしはやっぱり経理部には向いていないんだなー」

真夕はしみじみと言った。涼平とはすっかり馴染《なじ》んでいる。同い年というのもあって、気が合いそうである。

何を話していてもすぐに脱線して雑談になってしまうのは真夕の悪い癖だが、場を和《なご》ませたりたまに思いがけない情報や考え方を得られたりするので悪いばかりでもない。

「岸さん、いいですか」

真夕がふたたびモニターに向かおうとしたところで、経理室に志保《しほ》が入ってきた。

玉村《たまむら》志保は三十代の総務部員である。つやのない髪をバレッタでひっつめ、化粧気もほとんどない。どちらかといえば地味な女性だ。

「交通費と住宅手当のことで手続きがあるので、総務部までお願いします」

志保はもともと人事担当だったので、涼平と面識がある。合併にあたって元トナカイ化粧品の社員たちの希望を訊《き》き、涼平たちが働いていた静岡工場にも頻繁《ひんぱん》に出張に行っていた。

最近になって総務部内の担当者替えで労務管理の担当者になった。つまり給与計算をするにあたっての総務部側の担当者である。

「はい。――今は、仕事の引き継ぎの最中なので、あとでいいですか」

涼平が尋ねたが、志保は答えなかった。黙って涼平を見ている。涼平は救いを求めるように真夕を見た。

「あ、いいですよ。総務部行ってください。こっちは帰ってからまたやりましょう」

「じゃ失礼します」

涼平が立ち上がり、志保とともに経理室を出ていく。真夕は椅子《いす》に背中をもたれさせ、ふーっと息をついた。

「どうですか、岸さんの様子は」

涼平がいなくなると、さりげなく美華が真夕に尋ねた。

美華のあとで人が入るのは初めてだ。美華も興味を持っているということなのだろう。

勇太郎も新発田部長もいないので気を抜きたくなったのかもしれない。

「いいんじゃないでしょうか。岸さん理解早いし。給与計算のあれこれをお任せできたら、あたしはすっごく楽です」

真夕は書き込みのたくさんあるノートを満足そうに閉じた。

「真夕ちゃんはそうはいかないわよ。ダブルチェック要員だから」

沙名子は言った。涼平が入って仕事が楽になるのはどちらかといえば沙名子のはずである。そこははっきりさせておきたい。

「ええー。それは今まで通り森若さんやってくださいよ」

「わたしも少しはやるけど、これからは真夕ちゃんメインになっていくんじゃないかな」

「あたしがやったらもう一回、チェックが必要になっちゃいますよ」

「森若さんには森若さんの仕事があります。ミスを見抜くのも経理の仕事のうち。いつまでも甘えていたら進歩がないでしょう。財務担当の一部を岸さんに移行した分、真夕ちゃんには次の中間決算に関わってもらうことになるはずです」

美華がぴしりと口を挟んだ。

「うう……やっぱりそうですか。これからは残業なしだと思ったのに。——あ、忘れないうちに言っておきます。来週の木曜、あたし定時で帰りますから」

真夕は思いついたように顔をあげて言った。

壁のホワイトボードの予定表に小さくTと書く。この日は定時で帰りたいという表明である。

　経理部内だけで通用するマークで、ついている日は急な仕事があっても強要しない。真夕がこれをつける理由というのはほぼ決まっている。

「ライブ？」

　沙名子は尋ねた。

　真夕の趣味はインディーズバンドのライブに行くことである。ライブがあるときは何がなんでも前日までに仕事を終わらせる。多いときは月に数回行っていたが、そういえば最近は話題に出てこなかった。

　真夕はうなずいた。

「はい。ずっと予定が合わなかったんだけど、やっと行けます。忙しいとチケットとるのもおっくうになっちゃうんですよね。暴れてストレス解消してきます」

「よかったね。アレッサンドロ君も待ってるんじゃない」

　ついつい覚えてしまった男性ボーカルの名前を言うと、真夕は嬉《うれ》しそうに笑った。

「覚えられてたらいいいんだけどな。あたしも若くないですからね。そろそろ最前列がきついんですよ。根性なくて、うしろでいいやって思っちゃう」

「その感覚はわかりません。最前列に根性がいるものなんですか」

「なんなら美華さんも来ますか」

「いえそれは」

美華が真顔で断ると、真夕は引き出しからカード入れを出して立ち上がった。

「あたし、郵便局に行ってきますね」

真夕はおそらく帰りにコーヒーを買ってきて集中するのに違いない。来週にライブがあるとなればなおさらである。

沙名子はパソコンに目を向け、自分の仕事の続きに取りかかった。


ロッカールームに入ると、希梨香《きりか》が化粧を直しながら数人の女性と話していた。テーブルの上にはお菓子とペットボトルのお茶を注いだ紙コップもある。

定時のすぐあとなのでロッカールームは混んでいる。沙名子は試着室が空くのを待ちながらロッカーを開け、化粧ポーチを取り出した。

「――あ、森若さん。今話していたんですけど、トナカイ男子どうですか?」

髪を梳《と》かしていたら希梨香が話しかけてきた。

「トナカイ男子?」

「経理部の新しく入った人のことです。岸さんでしたっけ。今、亜希《あき》さんから話を聞いていたんですけど、あたしと同じ学年なんですよね」

希梨香の向かいにいるのは営業部販売課の山野内《やまのうち》亜希である。

亜希は販売課には珍しい外回りの女性だ。スーツ姿で出張土産《みやげ》らしいお菓子を食べ、ペットボトルの水を飲んでいる。合併によって配属されたばかりだが、人見知りをしない性格で、もうほかの女性たちと仲良くなっている。

「わからないわ。わたしは担当が違うから」

沙名子は言った。

「真夕に訊いてもあまり教えてくれないんですよね。彼女いるのかな。いそうですよね。トナカイ化粧品にいたときはどうだったんですか、亜希さん」

「涼平はのんびりしているからなあ。彼女はどうかな。とりあえず独身で、社内にはいなかったと思います。わりと人気がありましたよ。特に年上の女性に」

「年上！　ありそう！」

希梨香たちはどっと笑った。

「総務部なのにモテるの？　社外の人と会う機会ないと思うんだけど」

「トナカイ化粧品は小さいから、忙しいときは部署関係なく、なんでもやったんですよ。化粧品会社って相手も女性が多いでしょ。わたしなんて用事がなくても涼平連れてって、あーとかうーとか喋《しゃべ》らせてました」

「もはや舎弟《しゃてい》みたいな？　亜希さんやりますね」

「持ちこたえられなかったんだから、自慢できることじゃないですけど」

「でも売れてましたよ。天天《てんてん》コーポレーション、化粧品はトナカイ化粧品に勝てなかった。販売課が男ばっかりだからいけないんだよ。あいつら力で押すことしか考えてないもん。山崎《やまざき》さんを除いて」

「だから亜希さんが入ったんでしょう。亜希さん、吉村部長に虐《いじ》められてません？」

「それはないです。深夜残業させてもらえないので困っているくらいです」

「そんなの鎌本《かまもと》にやらせておけばいいですよ。鎌本働かなすぎだから」

「亜希さん、研修で静岡工場にいたんですよね。静岡どうでした？」

「天天石鹼《せっけん》作るの、なかなか面白かったです。わたしは工場勤務だったけど、涼平は元総務部だから、途中から槙野《まきの》さんを手伝って事務の仕事もしていました。――あ、槙野さんてうちの元総務課長なんです。今は製造部にいます」

「マッキーかあ。やっと製造部に人が入ってコスモが楽になりそうだよね」

マッキーとは槙野のことか。コスモとは察するに鈴木《すずき》である。鈴木宇宙《うちゅう》という名前なのだ。どこか宇宙人のような、浮世離れした雰囲気の鈴木に合っている。希梨香は人のあだ名をつけるのがうまくて困る。

「マッキーは静岡に家族と一緒に引っ越したんだよね。亜希さんと岸さんは本社勤務を希望したの？」

尋ねたのは広報課の千晶《ちあき》である。千晶は希梨香たちと仲がいい。

「そうですね。配属希望を出したのはずっと前ですけど、辞令が出るまでドキドキでした。もし総務部や経理部になったらどうしようかと」

「総務部ダメですか？」

「わたしは営業をやりたかったんですよ。事務って苦手で、それくらいなら大阪や九州に行くって言いました。経理部は絶対にダメです」

「って言ってますよ、森若さん」

急にふられて沙名子は苦笑した。

「向き不向きがありますからね」

亜希が事務を苦手としているのは本当だ。伝票は遅れがち、間違いがちだし、パソコンを扱うのも好きではないようだ。大雑把《おおざっぱ》な営業部員にはよくあることだ。かわりに営業成績はいい。車の運転も好きらしい。太陽《たいよう》のあとに亜希が来るとは鎌本は運のいい男だと思う。

そのときシャッ、と音をさせて試着室のカーテンが勢いよく開いた。

沙名子は私服を手にしたまま、思わずカーテンの向こうを見る。

出てきたのは志保だった。志保は社内でも私服なので普段は試着室を使わないのだが、今日は着替えたらしい。珍しく黒いスカートをはき、ジャケットを着ている。つやのない髪をバレッタで止めている。リクルートスーツのような出で立ちである。

「――そういうのってどうなんですか、中島《なかじま》さん」

志保は強い口調で言った。女性たちが言葉を止めて志保に目をやる。

「そういうのって？」

希梨香が問い返す。希梨香は気が強い。明らかにむっとしている。

和《なご》やかな雰囲気が急に険悪になる。希梨香と志保は仲が悪い――そもそも志保は女性たち全員と仲がよくない。雑談もしないしランチにも一緒に行かないのである。

「今のっていわゆる女子のロッカールームでの悪口ってやつですよね。聞かされるこっちが不快なんですけど」

「別に悪口は言ってないですよ」

「言ってましたよ。総務部はモテないとか、彼女がどうのとか。そんなの仕事と関係ないでしょう」

「嫌なら聞かなきゃいいんじゃないですか」

「あんな大声で話してたら聞こえるに決まってるでしょ。そもそもロッカールームって話す場所じゃないし。着替える場所だし。男の話ばっかりして、よく飽《あ》きないですね」

志保はわざとらしく肩をすくめ、ロッカーからバッグを取った。

沙名子は急いで試着室に入った。沙名子もどちらかといえば志保が苦手である。感情の浮き沈みが激しくて、たまに攻撃的になる。

「山野内さんが営業部に配属されたのだって理由があるんですよ。山野内さんは隠しているみたいですけどね。それが賢《かしこ》いってことなんでしょうね。これ以上は言えませんけど。奥の手を使って人事をひっくり返したんですよ」

志保の声が聞こえた。ドアがバタンと閉まり、足音荒く出ていく気配がある。沙名子は試着室の中で息をひそめ、落ち着くのを待った。

「――何あれ」

着替えて出ていくと、希梨香たちはひそひそと話していた。亜希はびっくりしたような顔をしている。沙名子は今の話を聞かなかったことにしてロッカールームを出た。


沙名子が総務部へ伝票を持っていくと、志保がパソコンに向かっていた。

「玉村さん、よろしいですか。先日いただいた支払伝票ですが、数字が違っていますので訂正をお願いします」

沙名子が伝票のコピーを差し出すと、志保は黙って受け取った。

「倉庫の地代ですが、消費税の計算が間違っています。ここまでは名目上はトナカイ化粧品のもので、ここから天天コーポレーションに移行です。別々に計算するとこの数字になります」

　沙名子は伝票を指さして説明した。

「六月頭からは天天コーポレーションで大丈夫だったはずですけど」

「地代は十日締めなので変則的になります。三分の一がトナカイ化粧品、三分の二が天天コーポレーションの負担。そこからトナカイ化粧品の持ち分を天天コーポレーションが支払って買い取る形です。消費税と手数料はそれぞれにかかります。先月にご説明したと思いますが」

「ええと……」

「わからないならとりあえず、このままの数字に直していただければ。承認をもらい直したら経理部に持ってきてください」

　志保は真剣な表情で伝票を見つめている。何も言わないので待つしかない。

　志保は人にわからない、教えてくれと言えない性格なのである。

　志保は総務の仕事に慣れていない。数年前まで大阪営業所にいて、本社に入ってきたときは人事課に配属。今回、総務部内で担当替えになった。間違うのは仕方がないし、責めるつもりはない。

「玉村さん、それ、わたしがやりましょうか」

　横から声がかかったのでほっとした。

声をかけたのは小林《こばやし》総務課長――由香利《ゆかり》である。

由香利なら間違いはない。二十年近く総務部にいるので仕事については知り尽くしていて、ややこしい事案であってもすぐに理解する。さすがに合併の経験はないが、夫が元銀行員で近い仕事をしていたらしく、沙名子の意味のわからないことでも詳しく知っていて説明してくれたりする。

「いえ、大丈夫です。わたしがやるので」

志保は即座に拒否した。

「そう」

由香利は心配そうに志保を見ている。由香利は志保が人事の担当だったときも失敗の後始末をしていたはずだ。任せるのに不安があるのに違いない。

「これでいいですか」

沙名子は志保のパソコンの画面をのぞき込んだ。

「ＯＫです。添付書類も修正していただけますか。この数字のまま直して、プリントアウトしていただければいいので」

「わかりました」

沙名子は赤線と修正が入った書類を渡した。志保は硬い表情で受け止めている。

本当にわかっているのか。初歩的な質問であっても訊いてくれれば楽なのだが。気さくな社員なら、冗談めかして謝ったりお礼を言ったり、最近忙しくてと言い訳をするところなのだが、志保にはそれもない。

こういうときは数字を経理部で計算してそのまま修正してもらうことにしているが、いっそ志保には全部、自分で計算し直してもらおうかと思う。こういう書類には慣れもある。由香利に訊くなりして自分でやったほうが身につくかもしれない。

「森若さん、萩《はぎ》の月どうですか。営業部からのお土産です」

去ろうとしたら、少し離れた席の窓花《まどか》が声をかけてきた。

窓花は庶務担当の女性である。総務部内の担当替えで人事も担当することになった。デスクにはフリルのついたティッシュケースや犬の写真が飾られている。

窓花はコミュニケーションを大事にするタイプで、どこの部署の社員とも仲がいい。由香利ともよくランチに行っている。総務部ののんびりとした雰囲気はもっぱら窓花が発しているものだ。

「いただきます」

沙名子は東北土産の箱からお菓子を取った。

「三つ持っていってください。大きい箱でもらっちゃったから余ってるの。真夕ちゃんと美華さんの分も」

「四つはさすがにダメですか。たぶん岸さんもいるんです」

「あ、そうですね。じゃ箱ごと持ってってください。部長の分なくなっちゃうけどいいわ」

総務部でもこういうときは上司が我慢するらしい。沙名子と窓花はお菓子の箱を間にして笑い合った。

沙名子が萩の月の箱を抱えて総務部のフロアを出ていくと、うしろから志保が追いかけてきた。

「森若さん」

沙名子は立ち止まった。志保が添付書類の修正を終え、渡すために急いで来たと思った。

「はい。書類の修正、終わりましたか？」

「そういうことじゃなくて。わたし、見ちゃったんですよね。品川駅《しながわ》で」

志保はゆっくりと言った。

沙名子は志保を見た。志保は書類を持っていなかった。いつものとおり、少し皺《しわ》の寄ったシャツと黒いパンツ。アクセサリーといえばうしろで髪をひとつに留めたバレッタだけである。

「品川駅ですか？」

「はい。先月、森若さん。博多《はかた》行きの新幹線に乗っていたでしょう。茶色いキャリーケース引いて」

沙名子は黙った。

志保の意図がわからない。新幹線には乗った——太陽に会いに行った。その日のために新しい服も買ったし美容院にも行った。嬉しくてドキドキしていた。それが何だというのか。志保に指摘されることではない。

「見間違いだと思います」

「いいえ。確かに見ましたよ。ゆるふわな格好していましたよね。窓花さんかと思っちゃった。森若さんでも、彼氏ができるとやっぱり変わるんだなって思いました」

「——失礼します」

さすがに耐えられなかった。志保はかすかに笑っている。沙名子は一礼をして経理室に向かった。

『玉村志保さん……ねえ。ごめん、俺、記憶ないわ。うっすらと名前聞いたことあったようなって感じ。人の顔は覚えているほうなんだけどな』

スマホの向こうで太陽がカップのアイスを片手に喋っている。

恒例になったビデオ通話である。太陽は風呂上がりらしい。最近は沙名子もパウダーをはたいたり髪を乾かすのが面倒くさくなり、準備抜きで話してしまう。修正せねばと思っているところである。

「もとは大阪営業所にいたのよ。事務だったと思う。なんで本社に異動になったのかな。わからないか」

『いやーさすがに、何年も前だろ。誰かに訊いてみてもいいけど』

「それはやめて。ちょっと気にかかっただけなの。――そんなことよりも夏休みの日程」

沙名子は議題を引き戻した。太陽は明らかに志保には興味がない。もしも志保が勘づいていたらやっかいだと思ったのだが、関わりも特にないようだった。こんなことでわざわざ太陽が大阪営業所の事務担当女性に話しかける必要もない。

『そうそう。俺の誕生日には会いたいだろ。どっちで会う？　沙名子が来てもいいけど、長く休みをとれるならどこか行ってもいいよな。温泉とか。テーマパークとか』

なぜ自分の誕生日に沙名子が会いたがると思うのか。その自信はどこから来るのかと訊きたいが、会いたいのは事実なので言えない。

「わたしはその時期は大丈夫だと思う」

『よっしゃ。車借りてどっか行こう。行く先はボーナスが出てからでいい？』

「誕生日だからわたしが出すわよ。あまりたくさんはダメだけど」

『助かるなー』

ボーナスの額はほぼ確定している。太陽に言うつもりはないが、今期は多めなのでよかったと思った。

「太陽、わたしは変わったかな？」

沙名子は思いついて尋ねてみた。

『何が？』

太陽はスプーンをカップのアイスにつっこみながら能天気な声で言った。

「つまり、ここ数年で」

『わからないよ。俺、つきあう前の沙名子のこと知らないもん』

「そうよね」

『思っていたのと同じところもあるし、違うところもある。でも今のほうが好きだな。たぶん』

太陽は最後の言葉を照れたように付け加えて、スプーンにバニラアイスを山盛りにした。

沙名子も太陽が変わったかと問われたら同じことしか答えられない――と考えていた矢先にこれだ。予告なく言わないでくれ。どう反応したらいいかわからないではないか。


経理室で真夕と涼平が額《ひたい》を付き合わせ、分厚い労務ファイルを見ている。作業をしているのはもっぱら涼平で、わからないことがあったら真夕に尋ねるというやり方をとっているようだ。

真夕のデスクにはコンビニのコーヒーがある。いつもならもっと切羽詰まっているのだが、今月はそれほどでもないようだ。真夕は涼平からの質問に答えながら、銀行通帳と請求書の台帳を付き合わせ、細かい支払いと入金のチェックをしている。

空は晴れていて、窓から入ってくる夏の陽射《ひざ》しが気持ちよかった。新発田部長と勇太郎は会議中。聞こえてくるのは四人の経理部員がキーボードと電卓を打つ音とファイルをめくる音、エアコンの静かな機械音だけである。

「伝票お願いしまーす」

声がして、経理室に亜希が入ってきた。

涼平が顔をあげ、あ、という顔をする。亜希は涼平を見つけてにこりとした。

「亜希さん、こんにちは。伝票ですか？」

「出張伝票なんですけど。涼平くんでいいのかな？」

「いいですよ。ぼくがいちばん下っ端なんで。こういうのは頑張ります」

「じゃお願いします。佐々木さん、涼平くんご迷惑かけてませんか？　わりと不器用なので心配しているんですよ」

「そんなことないですよ！　すっごく助かってます」

真夕が力をこめて言った。

元トナカイ化粧品の社員は結束力が高い。現在本社にいるのは十数人だが、部署を超えて連絡を取り合っているようだ。吸収された側の社員として複雑な思いがあるだろうが、槙野や亜希や涼平を見る限りは天天コーポレーションに不満はなく、積極的に馴染もうとしている。

中途入社扱いであっても給料が悪くないというのと無関係ではないだろう。出自や年齢性別などにこだわらず、人材を大事にするという円城格馬《えんじようかくま》社長の意向は本当のようだ。

「そうですか。よかった。いろいろありましたからね」

「静岡工場で何かあったんですか?」

沙名子は亜希に尋ねた。

気になっていたのである。ロッカールームで志保は、涼平が経理部へ来ることになったのには事情がある、亜希が奥の手を使ってひっくり返した、というようなことを言った。含みのある言い方だった。

合併先の会社から入ってきた人材については、総務部内のみならず経営陣の中でも話し合いが持たれているはずである。各自が希望部署のエントリーシートを出し、幹部社員と面接をしている。だから経理部もこの機会に経理経験者を入れろとせっついていたのである。槙野を製造部に取られたと聞いたときは新発田部長を恨んだものだ。

元トナカイ化粧品の社員は、配属先が決まるまでは天天コーポレーションが関係しているスーパー銭湯や各所の倉庫、静岡工場で働いていた。槙野、亜希、涼平は三人とも静岡工場である。志保は人事担当者として彼らと関わっている。

「何かっていうわけでもないんです。経理部はみんなが敬遠していて、希望の人がいなかったんですよね。誰か行きたい？　ってなんとなく話してたんですけど、それを聞いた涼平くんが、じゃあ自分が行くって言ってくれたんですよ」

亜希は言った。

「経理部、人気ないですからね……」

沙名子が思わずつぶやくと、亜希は首を振った。

「そんなことはありません。森若さんも仰《おっしゃ》いましたけど、向き不向きの問題ですよ。わたしはちゃらんぽらんだから無理なんです。優秀な人しかできないですよ。総務部とか経理部にいる人って尊敬します」

沙名子はむしろ亜希に感心する。相手の気を悪くさせない物言いが身についている。営業向きだ。そして経理部には向いていない。経理部員は相手がどう思おうと、言うべきことは言わなければならない。

たとえ相手を不快にさせてでも——と思ったとき、志保のことを思い出した。

「槙野さんは経理部は希望しなかったんですか？」

真夕が尋ねた。

「槙野さんはずっと経理をやってきたから、いったん離れたいって言っていました。工場機械のシステムとか知りたがってたし、最初から製造部に興味があったみたいです。涼平くんは専任で経理をやるのは初めてだから、ちゃんとやっているかどうか気になっていたんですけど、なんだか楽しそうで安心しました」

「ぼくはどこでもよかったんですよね」

「いや、もう戦力になってますから。今からどこか行くって言われたら全力で止めます」

真夕が真顔で言い、亜希と涼平は笑った。

「その話をしたときに、玉村さんもいたんですか？」

沙名子は尋ねた。

志保は人事の担当者として静岡工場とは頻繁に行き来をしていた。各自のエントリーシートも見ていたはずである。

亜希はうなずいた。

「はい。何かで会議室に集まったときだったかな。終わったあとでなんとなく雑談していてそういう話になったんです。玉村さんもいましたよ。普通に話していました」

「玉村さん、悪い人じゃないんですよね。それぞれの意見をちゃんと聞いて、上に伝えてくれたと思いますよ」

涼平が言った。

「——そうですね」

沙名子はつぶやいた。

合併にまつわる人事は完全には終わっていないのに、志保は最近になって担当替えで人事担当を外されている。静岡工場で何かがあったのなら、そのことと関係があるのだろうかと思ったのである。


「――森若さん、いいですか」

沙名子が階段を歩いていると、うしろから声をかけられた。

亜希である。亜希はスマホを持ったまま沙名子を追いかけるように早足で近づいてきていた。

「はい。何かありましたか」

「ちょっとお話ししたいことがあって。さっきの補足なんですけど」

――だろうと思った。

経理室で亜希は明るかったが、どこか営業トークのような雰囲気だった。沙名子が志保の言葉を気にしているということにも気づいている。真夕や涼平の前では言えないことがあるのだろう。

「さっきの――というと、涼平さんが経理部に来るまでのことですね。玉村さんに何かあったのですか？」

沙名子は警戒しつつ尋ねた。

できるなら悪口めいたことは聞きたくない。賛同していなくても仲間として扱われてしまう。それが嫌で距離を置くと今度は敵だと思われる。過去にも志保と窓花が対立し、沙名子は妙な立場に置かれたことがある。

志保には何か根深いものがある。希梨香が好きでないのも理解できる。しかし孤立させる側には回りたくない。

「そうです。といっても大したことじゃありません。さっき、静岡工場で玉村さんと話したって言いましたよね。わたし、そのあとで吉村営業部長と大沢《おおさわ》総務部長にメールを出しているんですよ」

亜希は沙名子を見つめて言った。

「メールですか？」

「はい。人事部を経由したのではこちらの希望がうまく伝わらないと思ったので、玉村さんに相談してメールアドレスを教えてもらいました。女性だからといって外回りから外されるのはおかしいとか、わたしはトナカイ化粧品ではそれなりに営業成績を上げていたので、そういうアピールも入れて出しました。

わたしは、てっきり玉村さんも賛同してくれていると思っていました。玉村さんも天天コーポレーションの社風について考えることがあるみたいだったので。メールにBCCもつけました。――だから、ロッカールームであんなふうに言われて驚いてしまいました。内心は怒っていたのかなって」

「違うと思います。うまく説明できませんけど。――岸さんが経理になったことに山野内さんは関わっているんですか？」

「最初はそのつもりはなかったんですが、メールをしたあと本社に呼ばれて、格馬社長と吉村部長と面接する機会があったので、チャンスだと思ってほかの人の希望も伝えました。

わたしはみんなの人生がかかってると思って必死だったんですけど、結果的に、玉村さんの仕事を取り上げたのかもしれません。玉村さん、そのあとで人事担当から外されているんですよね」

亜希は複雑な表情になった。

「玉村さんには悪かったと思いますが、わたしが卑怯《ひきょう》な手を使ったみたいに思われたら心外です。涼平くんも、本当は嫌なのにわたしのために経理部に来たとか、そういうのじゃないですよ。玉村さんも経理部を勧めていたと思います。それだけは言っておこうと思って。希梨香ちゃん……中島さんに伝えたら大事になりそうだから、森若さんだけにでも」

「わかりました。合併はイレギュラーなことですから、何があってもおかしくないですよね」

沙名子は言った。

亜希は現実的でしっかりしている。トナカイ化粧品で営業成績が良かったというのは本当だろう。志保については怒るというより困惑しているようだ。

亜希は申し訳なく思っているようだが、志保は末端の人事担当者の仕事を果たしていると思う。元トナカイ化粧品の社員たちの意見を聞き取り、亜希がメールを出す後押しをした。涼平も志保について悪い印象は持っていないようである。

そのことを素直に誇ればいいのに、なぜあんな言い方をするのか。沙名子にはわからない。


「これ、入力したのは岸さんですか？」

沙名子はモニターを見ながら尋ねた。

六月分の給与計算である。今回は涼平と真夕がやり、沙名子はいつもどおりその後のダブルチェックをしている。沙名子の向かいには真夕と涼平がいる。

「そうですけど、何か問題がありました？」

真夕が不安げに顔をあげた。

「間違いはないと思うけど」

沙名子のパソコンには山野内亜希の給与明細が表示されている。

沙名子は少し考え、亜希の過去の給与明細のデータを出した。

三月まで静岡工場にいて、四月に静岡工場から正式に営業部販売課に異動。遠隔地手当が打ち切られ、単身住宅手当がついている。それ以降はほかの営業部員と同じである。有給休暇も病欠も取っていない。紙のファイルと見比べても間違いはない。

しかし六月分の明細が腑《ふ》に落ちない。変動給与が多すぎる気がする。

亜希はどこかで深夜残業はできないと言っていなかったか。

沙名子は席を立ち、経理室の隅《すみ》にある共用のデスクトップパソコンを立ち上げた。総務関係のシステムは経理室ではこのパソコンにしか入っていない。沙名子は経理主任なのでパスワードを知っている。

元トナカイ化粧品にいた社員、この一カ月で変化のあった社員を無作為に抜き出し、ファイルの情報と比べてみる。新たな異動や家族手当などの分はすべてファイルに反映されている。

「何かありましたか？」

涼平が尋ねた。真夕と涼平が沙名子のうしろに来ている。

「入力ミスはないです。変動給与がこれでよかったかなと思って。営業部だから、残業が多いのは当たり前なんだけど」

沙名子は続けて鎌本のデータを呼び出した。亜希は太陽の担当を引き継いでいるので、外回りをするときは鎌本と同じ車に乗るはずである。沙名子は亜希と鎌本のスケジュールを合わせてみる。

「もしかして、山野内さんですか」

「そう。何か変。総務部行ってくる」

沙名子はデータを大まかにノートに書き留め、ファイルを持って立ち上がった。真夕と涼平が慌てたようについてくる。

総務部へ行くと沙名子は社用車の使用ノートを開いた。

営業部員によくあることで、亜希にもお気に入りの一台がある。鎌本は運転をしたがらないので、ふたりで外回りをしていても書き込んでいるのはほとんど亜希である。

注意深く見ると、三日間、勤務状況と合わない日があった。

最初は、車を二十時に返したということになっているのに、定時に退勤になっている。二回目は、二十時に返したのに二十三時になっている。これが一時間の深夜残業にあたるものだ。三回目は、十九時に返したのに、十八時四十分に退勤になっている。

定時に退勤したものは鎌本は二十一時、二十三時のときは二十時。もうひとつは十九時三十分付近に退勤している。そのほかはおおむね社用車の使用状況と鎌本の残業時間と合っていた。

運転を鎌本に任せて亜希は定時に帰った、運転を終え、帰ってきてから事務の残業をした、ということも考えられるが、鎌本と亜希の行動パターンからしてそれも違和感がある。

総務部には由香利がいた。沙名子は時計を見た。もうすぐ定時である。

沙名子は社用車の使用ノートを閉じ、由香利のもとへ歩いていく。

「すみません、至急確認してください。社員の勤怠データについてですが、一部、改ざんされているということはないですか？」

「改ざん？」

由香利が顔色を変えた。


「──とにかく一回、総務部で確認してもらうしかないわ。わたしがおかしいと思ったのは山野内さんだけだけど、ほかにもあるかもしれない」

沙名子は言った。

「そ、そのほかにって──つまり、給与明細に反映させたデータが間違っているってことですか？」

真夕の声はうわずっていた。最近は涼平がいるので楽だと言いながらのんびり仕事をしていたのだが、吹き飛んだようだ。

沙名子は首を振った。

「わたしは数件のケアレスミスだと思う。ほかに無作為に抜き出して調べたのは間違っていなかったから。状況からみて打刻するのを忘れて、そのあとで再打刻申請をしたものじゃないかな。山野内さんは異動してきたばかりだから慣れてなくて、入力を失敗したのかも」

「でも間違えたらシステムではねられるし、総務部のチェックはあるはずですよね？」

「それか、山野内さんが残業代を稼ぐため、後日になってフェイクの打刻をしたかですね」

美華が冷静に言った。涼平が反論する。

「社用車のノートのほうに間違えて記載したということもありますよ。亜希さん、そういうのいいかげんな人だから」

「そうですね。もちろんわたしの勘違いかもしれないです。そうだったらいいんだけど」

沙名子は言いながらそれはないと思っている。

経費を使える社員はだんだんずるくなっていくものだが、亜希はまだその時期ではない。異動したばかりで好印象を残したいはずだし、元トナカイ化粧品、初めての女性の販売課員としての気負いもある。手書きのノートを三回も間違えるとは思えない。故意に退勤時間を改変するなら、社用車のほうも合わせるはずである。

「トナカイ化粧品の勤務時間は自己申請でした。タイムカードに慣れていないっていうのはあると思う」

涼平が言った。亜希のことを庇《かば》いたいのだろう。気持ちはわかる。

「すみません……。あたし……まったく気づきませんでした……」

真夕がつぶやくように言った。

「真夕ちゃんは悪くないわよ。本来は総務部が気づくべきものだし、原本から間違っているものを、チェックしてもわかるわけがないんだから。わたしはたまたま変な感じがしただけ」

「その変な感じが、あたしにはなかった……」

真夕は唇を噛《か》んでいる。何を言うべきかと考えていたら、声がかかった。

「勤怠管理は総務部の仕事です。元データが間違っていたのなら、真夕ちゃんに責任はありません。担当者として気づけばよかったとは思いますが。今月は本来の仕事とは別に、岸さんの指導をしていました。注意が行き届かないのは致し方ないことだと思います」

美華はデスクに座ったまま真夕を見上げ、きっぱりと言った。

美華は給与計算には関わっていないが、沙名子の隣の席なので状況を把握している。

「でも森若さんは気づいたわけで……」

「それは経験と能力の差です。完全でないからこそダブルチェックを他者の目でやるわけです。今回はその機能が働いた。良いことだったのではないでしょうか」

「――そういうことだろうな」

席にいた勇太郎がぼそりと賛同した。

沙名子はほっとした。美華に断言されるとそうなのかと思える。美華は相手への好き嫌いや立場など考えず、正しいと思ったことを正しいと言う人間である。

真夕は自分にミスが多いことを自覚している。克服しようとしてあれこれと自分なりのやり方を模索している。集中するときにテイクアウトのコーヒーを飲んで気合いを入れるのもその一環である。

最近はケアレスミスはほぼなくなり、大きな数字を怖がらなくなった。やっと大きな仕事を任せられるようになったというのに、こんなところで自信を失ってもらっては困る。

「経験と能力の差……は認めます……けど……」

「必要以上に落ち込むと業務に支障が出るので切り替えたほうがいいです。――そんなことより今日はライブでは？　もう定時を過ぎてますから、早く行ったほうがいいですよ」

美華の言葉に真夕ははっとして時計を見た。

「あ、そうだった。――いやでも、総務部からの結果聞かないと」

「俺も亜希さんにＬＩＮＥ《ライン》してみたけど、既読がつかないんですよね。運転中だと思います。待っていたらライブ遅れちゃいますよ」

涼平が言った。真夕はうろたえながら沙名子の顔を見た。

「でも……。あたしは担当者……」

「いたいならいればいいけど、待っていてもやることないと思うわ。正しい数字を聞いて打ち直すだけでしょう。もしかしたらわたしの考えすぎなのかもしれないし」

「訂正は俺がやりますよ。俺も担当者なので」

真夕は沙名子と涼平の顔を見た。一瞬目をつぶり、唇を嚙む。

それから顔をあげ、きっと空を見つめた。

「すみません！　行きます！」

真夕は宣言した。デスクの引き出しを開け、バッグを取り出す。ドアの付近で振り返り、誰にともなく一礼した。

「頑張ってね」

「頑張ります！」

真夕がいなくなると沙名子は息をついた。

沙名子に今日の予定はない。真夕にはああ言ったが確認したほうがいいのだろう。個人的にも結論が出ないと落ち着かない。

「あ、亜希さんから返事来ました。やっぱり車の中だって。もうすぐ会社に到着するようです」

「そう。じゃ待っていようかな」

沙名子は言った。マグカップを取り出し、紅茶を淹《い》れることにする。美華も同じ気持ちのようで半端にファイルを開き、同じ箇所を読んでいる。

紅茶を飲んでいると、経理室に窓花が駆け込んできた。

「あ、よかった。森若さんいますね。山野内さんと連絡がつきました！」

窓花は沙名子に向かって言った。総務部内でも騒ぎになっているようだ。

「そうですか。よかったです。確認はとれましたか？」

「はい。山野内さん、タイムカードを打刻し忘れて、あとから玉村さんに口頭で申請した日が何日かあったそうです。今回の申請で間違っているのはその日だって。今、由香利さんが玉村さんから事情を聞いています。山野内さんも急いでこっちへ向かうそうなので、ちょっと待っていてください」

「――玉村志保さんですか」

美華が言った。

沙名子は驚かなかった。うっすらとそうではないかと思っていた。

この件の腑に落ちなさ、ざらりとした嫌な感触は、志保に対して感じるものと同じである。

真夕がライブに間に合わせるために早めに動いていたおかげで、期限まで余裕があったのは幸いだった。経理室で手持ち無沙汰《ぶさた》で待っていたら総務部員がやってきて、先月の勤怠データについては明日以降に連絡しますと報告してきた。

ロッカールームに向かっていたら総務課長——由香利と廊下で会った。

由香利は周りの目を気にしながら、データは志保が亜希から言われて打刻修正をしたときに間違って入力したのだと言った。

「——森若さんが推測したとおりでした。山野内さんがタイムカードの打刻を帰り際にやらなかった日が数日あったようです。営業部員は社用車の使用ノートや日報を書くほうに集中して、自分のタイムカードの打刻を忘れることがあるんですよね。山野内さんはシステムからの打刻修正のやり方がわからなくて玉村さんに訊きに行き、玉村さんが、それなら自分がやっておいてあげると言ったようです」

由香利はため息とともに言った。

総務部の明かりは消えておらず、ざわざわと話し声が聞こえてくる。由香利は責任者として仕事をしていくのだろう。

「打刻の修正は自分で申請する決まりですよね」

「原則はそうですが、いろんな事情がありますからね。やむを得ず担当者が電話を受けて、代わってやってあげることもあります。

山野内さんは最初に玉村さんにやってもらったので、そういうものと思ってしまったらしくて。直帰するときとか、忘れていたときは玉村さんに軽く頼んでいたらしいです」

「そして玉村さんが、山野内さんに言われた日時と違う日時を打った？」

「そうです。そういったことが五回あったようです。間違っていたのは森若さんが指摘した三回です。玉村さんが引き受けたけど、あとになって何時だったのか忘れてしまい、最初に定時で打ったそうです。

でもそのあとで違うことに気づいて、バランスを取るために別の日に多めに打った。そしたらそれが深夜残業になってしまうので、計算が違うことに気づき、もう一回バランスをとるために少なめに打ったそうです。玉村さんは間違えて打ったのはその三回だけだと言ってるけど、念のため山野内さんの記憶と合わせてもう一回、総務部でチェックし直します。ほかの人の分も。ほかにはないと思いますけどね」

由香利は沈んでいる。総務課長として責任を感じているのに違いない。由香利が勤怠管理をしていたときはこんなことは一回もなかった。沙名子も真夕も、由香利から渡されるデータを疑ったことはない。

おそらく由香利も沙名子と同じことを思っている。

なぜ志保は亜希に、打刻修正は自分でやるものだと言わなかったのか——。

経理処理もそうだが、本人がやるというのは手間ではなくて責任と安全性の問題である。

申請者と承認者が同じ人間ではいけない。経理部員は、自身の経理処理をするときはほかの経理部員に承認をもらっている。

あるいは忘れた、間違った時点で、由香利に報告すればよかったのだ。由香利は志保を叱責《しっせき》するだろうが、特例にして穏便にすますだろう。

仮に志保が叱《しか》られるのが怖かったのだとしても、亜希から言われた時間を忘れたのなら、もう一度訊きにいけばよかったのである。

山野内さん、この間の打刻修正だけど、まだやっていないの。定時でよかったっけ？ と尋ねる。ついでに、これは本人がやるものだから、これからは自分でやってくださいねと言えばいい。亜希は、八時です、これからは自分でやりますねと笑顔で答えるだろう。

由香利はやりやすい上司、亜希はやりやすい社員だと思う。こういったやりとりが打刻時間をごまかすよりも難しいものだとはどうしても思えない。

「玉村さん、人にものを尋ねるのが苦手ですからね」

沙名子が思わずつぶやくと、由香利は苦い顔でうなずいた。志保の性格については認識しているらしい。

「そうですね。意地っ張りなところがあって。あれで仕事熱心なんですけどね。新入社員の顔や名前なんかもすぐ覚えるし、今回だって、山野内さんの打刻をやってあげたのは親切心からだと思いますよ。誰にも言わない、報告しないだけで」

「玉村さんが人事担当から外れたのはなぜなんですか？」

「――個人情報の扱いが甘いからです」

由香利は苦い表情で言った。

……だろうと思った。

志保は口が軽すぎる。以前も美華の経歴について聞いてもいないのに話していた。亜希がイレギュラーなやり方で営業部に入ったこともそうだし、沙名子を品川駅で偶然見かけたこともそうだ。自分だけが知っていることを喋る、喋らないまでも知っているぞとほのめかすのが好きなのだろう。人事は外部の人間の履歴書を見る立場だから、怖くて担当者にはしておけない。

不必要に喧嘩腰《けんかごし》になることはできるのに、友好的な人に何かを尋ねたり報告したりすることはできない。雑談が嫌いなくせに口が軽い。このあたりは矛盾《むじゅん》しないものらしい。真夕は志保の反対で、お喋りで雑談好きだが、大事なことは喋らない。希梨香は真夕が給与計算をしているということすら知らないと思う。

どう考えても真夕のほうが信頼されるし、人生が楽しいはずだ。志保のやり方は損なだけだと思うのだが。

「合併に伴う人事には目処《めど》がついたし、労務管理はわたしの目が届くので大丈夫だと思ったんですが、甘かったようです。これからはわたしに管理を戻して、玉村さんは補佐という形にします。細かいことは部長と相談した上ですが」

「わかりました。わざわざありがとうございます」

経理部が志保を担当から外してほしいと言わずに済んだのでほっとした。沙名子はうなずいて礼を言った。


「――俺もいけなかったのかなと思うんですよね」

ゆっくりと歩きながら涼平が話している。

沙名子が着替えを終え、裏口を出ると美華と涼平が天天喫茶から出てきたのである。

涼平が美華を誘い、お茶を飲んで話していたらしい。沙名子は驚いた。真夕ならともかく美華と涼平が退勤後にお茶を飲むなどということがあるとは。美華は年下の男性社員を可愛《かわい》がるような性格ではない。涼平に直接の指導はしていないが、厳しい目で見ていたはずである。

事務的なミスが出て落ち着かないというのは涼平も美華も同じなのか。営業部員だったらすぐに忘れそうなことだが。

「岸さんが何かしたのですか？」

沙名子は涼平に尋ねた。

「俺が最初に、玉村さんに、ややこしい申請とか、わからないことをやってもらっていたんです。玉村さんとは静岡工場で顔見知りだったし、トナカイ化粧品てそういうのいいかげんだったから。同じような感じで、やっといてくださいって言っちゃって」

「そうだったんですね」

沙名子は納得した。

トナカイ化粧品は悪い意味でアットホームな会社だった。事務的なことが大雑把で、担当があいまいだったのでやる人間に仕事が集中していた。そのことは槙野から聞いて知っている。涼平と亜希は、その習慣が天天コーポレーションでも通用すると思ったのだろう。

「亜希さんに、玉村さんならやってくれるよって教えたの俺なんです。亜希さんはちゃっかりしているから、だったらみんなやってもらっちゃえって思ったんだと思います」

「それは断らない玉村さんが悪いんです。わたしには、玉村さんが拒否しなかった理由がわかりません」

美華は言った。

美華はこういうときに理由をはっきりさせたがり、正しく矯正《きょうせい》したがる。沙名子はそういう人だと思うだけである。矯正なんてできないし沙名子がしてやる義理もない。きっと美華のほうが優しいのだろう。

「俺にもわかりません。言いづらかったのかもしれないです。亜希さんてわりと強引で、断れない雰囲気があるから。だから俺から亜希さんに言っておけばよかったなって。——そういえば玉村さんて、経理部に来たかったみたいですね」

「経理部に？」

沙名子は思わず言った。

涼平はうなずいた。

「静岡工場で、元トナカイ化粧品の社員が集まって話していたときですけど。経理部は嫌だって話になったら、玉村さんが、だったらわたしが行こうかなって。経理部はみんな優しいし楽しそうだから、わたしだったら行くけどって。冗談だと思っていたけど」

「残念ながらありえません。玉村さんは性格的にも能力的にも経理部には向いていません。わたしは打診されたら反対します」

どういうことだと考えていたら、美華がきっぱりと否定した。

「そういうことは玉村さんには直接言わないでください、美華さん。話があったら考えればいいんですから」

沙名子は言った。志保は美華に憧れている。学歴と職歴が華やかだし、人の顔色をうかがわずにものを言う態度が気持ちいいのだろう。美華に強く否定されたら傷つきそうである。

しかし、志保が経理部に来たがっているとは知らなかった。

経理部が優しくて楽しそうに見えるのか。真夕はそうでもないが、勇太郎と沙名子と美華はほかの社員と一線を引いている。おそらく怖がられていると思う。冗談もめったに言わないし、決算期は殺伐《さつばつ》としていて全員が不機嫌だったりするのだが。

——それを言うなら涼平はどうなのだ。

沙名子は隣を歩く涼平の優しげな顔を見る。

涼平はわからない男である。特にお喋りでもない、どこにでもいそうなぼんやりした男なのに、経理部にいつのまにかするりと入り込んでいる。亜希に舎弟として扱われ、志保に面倒な申請処理を頼み、美華を誘ってお茶を飲む。思えばなかなか高難度のことをこなしている。相当心臓が強い、または女性慣れをしているのか。

いやこれは志保と同じ、コミュニケーションが苦手な人間の僻《ひが》みかなどと考えながら歩いていたら、歩道の横に立っている女性の姿が見えた。

「——あれ、玉村さんじゃないですか」

涼平が言った。

志保は歩道に立っていた。手にはいつも通勤で使っているトートバッグを持っている。総務部でのヒアリングを終え、帰るところなのか。それにしては立ち尽くしている。

志保は経理部の三人を見ていた。何も言わない。

「お疲れさまです。玉村さん、お帰りですか」

「いえ。──なんでもないです」

志保は歯を食いしばるようにして三人を見ていた。なんでもないのなら話すことはない。

沙名子がさっさと先へ行こうとする前に、美華が言った。

「なんでもないことはないでしょう。言うべきことがあるから来たんじゃないですか」

美華は志保へ向かって進み出るようにして言った。志保と美華は夜の歩道の上で向かい合う。

志保は食いしばった歯を開き、うめくように言った。

「──すみませんでした」

志保の目にかすかに光るものがある。これだけのことを言うのに何の決意が必要なのか。

沙名子は美華のように優しくなれず、そっと目をそらした。


「えーでは、天天コーポレーション経理部のこれからの繁栄を祈って、乾杯」

「──経理部が繁栄したら困るんじゃないですか」

新発田部長の言葉に、隣でぼそりと真夕がつっこみを入れている。

個室のイタリアンの店である。新発田部長の手には赤ワインのグラスがあるが、ほかの部員が持っているのはノンアルコールビールとミネラルウォーター。ランチコースの前菜はもうテーブルの上に載っている。

　涼平の歓迎会をやるという話は来たときからあったのだが、忙しくてのびのびになっていた。夜ではなくてランチにしてくれというのは新発田部長を除く経理部員の総意である。夜なら残業代が出ないが、昼にやるなら業務時間内だ。経理室には鍵をかけ、午後二時まで留守にするという紙をドアに貼って出てきた。

「いやー今年は新年度から忙しかったからな。ずっと歓迎会をやらなきゃいけないと思っていたんだが、よかったよかった」

　テーブルにはそれぞれのパスタが置かれ始めていた。新発田部長がワインを飲みながら、満足そうに言った。

「そうですね。わたしとしても合併に伴う整理事業と決算が重なるのは初めてで、大変な重責でした。乗り切れたのはみなさんのおかげです。ありがとうございました」

　美華が突然、礼を言ったのでびっくりした。勇太郎も同じだったようで、ノンアルコールビールを飲もうとした手が止まっている。

「いや美華さんすごいですよ。あたしにはできませんよ」

「真夕ちゃんはその口癖をやめたほうがいいと思うわ。できない、わからないというのは、自分の可能性を自分で塞ぐ言葉ですよ」

「たまに美華さんも言ってますよ」

「仕事について言ったことはないはずです！」

「いや、そういうのはいいじゃないですか。俺は経理部の専任になったのは初めてで不安だったんですが、なんとかわかるようになってきました。至らない点もありますが、戦力になれるように頑張ります。これからもよろしくお願いします」

涼平が間に入り、まとめるように頭を下げた。

「人数が増えたのはよかったな。やっと男が入ってきた」

勇太郎が言った。勇太郎の前にはトマトソースとイカスミのパスタが置かれている。

真夕が目をぱちくりさせた。

「え、勇さん、経理部員に男性がいないの気にしていたんですか？」

「そうだな。あまり遅くまで残業させられないし」

勇太郎がそんなことを考えているとは知らなかった。勇太郎は自分のペースで仕事をするだけだと思っていた。新発田部長は、いちおう俺もいるんだがと小さい声でつぶやいている。

「ということは、俺はこれから残業させられるってことですか」

「そう」

「いや待って。笑えないんですけど」

「勇さん、そういうのはよくないですよ。経理の仕事に男女差はありませんし、そもそもオーバーワークを前提とした仕事量があるのが間違っているんです。だから今回、岸さんが入ってきたわけで」

美華はガス入りのミネラルウォーターのグラスに手を添えながら言った。左手首の銀色とピンク色の腕時計が、同じ色の爪《つめ》に映えてきれいである。

真夕はカルボナーラをフォークに巻き付けながらうなずいた。

「そうそう。全員残業なし、有給休暇のカンストを目指しましょうよ。遊ぶために働いているんですから。勇さんもまた温泉行っていいですよ」

「田倉さん、温泉好きなんですか」

涼平が尋ねた。

「去年はよく行ってましたよね」

「当分行くことはないです。どちらにしろ岸さんは早く慣れてください。部長も言ったけど、わからないことはなんでも訊いていいので。俺もそんなに厳しくはない……と思う。いや厳しいかな。わからんが」

「わたしはわからないことを訊くのでなく、自分が判断した上で疑問に思ったことを指摘する、というスタンスのほうがいいと思いますよ。上司の言うことに黙って従うというのは無責任です。何かが起こったときの責任逃れの温床《おんしょう》になります」

勇太郎が美華に目をやった。

真顔だが怒ってはいない。美華が勇太郎から仕事を引き継いでいるので、ふたりはしょっちゅう会議室で言い争っている。最初は相性が最悪なのではと心配したが、そうでもないようだ。勇太郎は見かけほど頑固ではないし、美華も口ほどきつい性格ではない。

「岸くんには頑張ってもらわないと。経理部もまた異動があるかもしれないし」

新発田部長が言った。

沙名子はラム肉のステーキを切り分けていた手を止める。

美華もフォークを持ったまま、ぴくりと肩をふるわせた。勇太郎と真夕が新発田部長を見た。

「異動って……もうひとり入ってくるんですか。だったらありがたいですけど」

「まさか、この中から誰かが他部署に行くことになるって意味じゃないですよね？」

真夕と美華が同時に、沙名子が知りたかったことを訊いてくれた。勇太郎は戸惑ったように新発田部長を見ている。新発田部長は慌てて口をナプキンで拭き、首を振った。

「いや、例えばの話だよ。実現するにしても先だし」

「やめてください。ここからひとりでも抜けたらやっていけませんよ」

「とはいっても会社だからな」

「――そうですね」

沙名子は勇太郎に賛同した。これればかりは仕方がない。

「えー森若さんまで言わないでくださいよ！　森若さんがいなくなったら絶対に無理だから！　経理部終わるから！」

「わたしは主任になったばかりだから異動はないと思う。ですよね、部長。ていうか、わたしも真夕ちゃんがいなくなったら困るわ」

言ってから真夕が異動する可能性もあるということに気づいてひやりとした。真夕がいなくなったら経理室は火が消えたようになるだろう。真夕はコミュニケーション能力が高いから、この中の誰よりもほかの部署で通用しそうである。

「いや、ないない。俺の口が滑っただけ。経理部は当面、この六人で行く」

新発田部長が訂正した。個室にほっとした空気が漂う。

ウエイターがデザートのアイスクリームとエスプレッソを持ってきた。そろそろ昼の時間を過ぎている。経理室にやってきた社員たちは、貼り紙を見て困ったり怒ったりしているることだろう。六人の精鋭の経理部員はテーブルを囲み、ゆっくりと濃いエスプレッソを飲んだ。

エピローグ　～知りたい真夕ちゃん～

「──だからあの、変な感じっていうのが何なのか知りたいんですよねー」

真夕《まゆ》は涼平《りようへい》と亜希《あき》に向かって言っている。

夏の経理室である。デスクの上にあるのはマグカップのカフェオレ。紙パックのアイスコーヒーを牛乳で割ったものである。

冷蔵庫にはアイスコーヒーに並んで、それぞれ森若《もりわか》、真夕、岸《きし》とマジックで書かれた三本の牛乳が並んでいるはずだ。氷とアイスコーヒーとガムシロップは部長から頼まれて真夕が補充するが、牛乳だけは自分持ちという妙な習慣が経理部にはある。

経理室にいるのは真夕と勇太郎《ゆうたろう》と涼平、そして伝票を渡しに来た亜希である。新発田《しばた》部長は会議、美華《みか》は社内で誰かと打ち合わせ、沙名子《さなこ》は銀行に出かけている。勇太郎は自分の席で耳栓《みみせん》をし、黙々と仕事をしている。

「玉村《たまむら》さんの打刻ミスが発覚したときのですよね。ぼくも知りたいですよ」

涼平が言った。

仕事は一段落ついているし、涼平は亜希と仲がいい。こういうときはついつい雑談をしたくなる。涼平は経理部に異動してから一カ月も経《た》っていないのだが、すっかり馴染《なじ》んでいる。

亜希は営業部へ自分から希望して入ったという猛者《もさ》である。学生時代にバレーボールでいいところまで行ったというだけあって、背が高くてたくましく、頼りになりそうなタイプだ。女性に何かとマウントをとりたがる希梨香《きりか》が、亜希とは一瞬で仲良くなった。それだけでも何かわかろうというものである。

「森若さんは、わたしが深夜残業をさせてもらえないって聞いていたからわかったんだと思います。言っておいてよかったですよ。あれはわたしも悪かったんです」

「いやぼくもですよ。気づいてよかったですよね」

涼平は言った。

涼平は希梨香からトナカイ男子と言われるだけあって威圧感のない男だ。亜希とは反対に、天天《てんてん》コーポレーションの営業部ではやっていけなそうである。

「森若さんはそう言っていますけど、深夜残業時間はたった一時間ですよ。言ってることと違ったとかよくあることじゃないですか。どこに違和感があったんだろうって」

「経験則でしょう。わたしだって営業をするにあたって、ここはいけるとかこれは無理とか、ピンと来ることがありますから」

「それはなんでわかるんですか？」

「雰囲気としか言いようがないですね」

「雰囲気かあ……」

真夕はうなった。

「槙野《まきの》さんも本社に来るみたいなんで訊いてみたらどうですか。槙野さんもけっこうそういう勘が働く人です」

涼平が言った。槙野は涼平がトナカイ化粧品にいたときの直属の上司で、信頼を置いている。真夕も槙野とはトナカイ化粧品の残務整理のときによく言葉を交わした。

「――出張伝票お願いします」

考えていたら、横からひょいと口を挟まれた。営業部エースの眼鏡くん、山崎《やまざき》である。いつのまにか経理室に入ってきていたらしい。

「北陸ですか。大阪の管轄《かんかつ》じゃなかったでしたっけ」

山崎の伝票を見て真夕は言った。

「吉村《よしむら》部長が行ってこいって。ついでにあちこち回ってきます」

「わかりました」

空出張の疑惑はあるが、吉村部長が承認しているので受けつけるしかない。山崎はいつもこうである。そんなことより前髪を切りたい。

「森若さんは今日はいないんですか？」

「銀行へ行っています」

「そうですか。残念だな。見せるものがあったのに」

お前もかと真夕は思う。山田太陽《やまだたいよう》がいなくなったと思ったらこれだ。

沙名子を密かに好きな営業部員は多いと思う。山崎は沙名子にうさんくさい伝票を出し、やりとりをしたあげくに了承されるのを楽しんでいるようだ。沙名子が主任になったのは吉村部長が口添えしたからだという噂《うわさ》もある。だからといって吉村部長のためにどうこうする沙名子ではないが。

今期の人事では山崎が課長になるという噂も飛び交った。山崎は吉村部長のお気に入りだが、さすがにそれはないと思う。営業部には山崎よりも年上の主任がたくさんいる。

「見せるものってなんですか」

真夕は尋ねた。山崎は手にタブレットを持っている。

「手洗いブースの記事です。スポンサーの不動産会社のサイトで特集ページ組まれて、大きく載ったから。読みたいかなと思って」

「あ、太陽さんのインタビューが載ったやつですか。見ましたよ。太陽さんて無駄に写真写りいいですよね」

「大阪営業所に問い合わせがあったみたいですよ。独身ですかって」

呆《あき》れたが面白い。希梨香にさっそく教えなくては。こういう毒にも薬にもならない噂話というのはいい。ランチタイムとロッカールームで格好の話題になるのに違いない。

「手洗いブースはわたしの担当です。山崎さんもありがとうございました。石鹸《せっけん》割ってくれて。あのときは大変だったわ。関東近県でもやろうって話になっているんですよ。まずはスポンサーと場所探しですけど」

隣から亜希が言う。手洗いブースは大阪営業所発案のイベントなのだが、まずまずの盛況だった。社会活動としてもよかったという評価を受けている。

「山崎さんも石鹸割ったんですか?」

「暇だったので。楽しかったですよ」

「暇なのに営業成績をあげているんだから大したものじゃないですか。コツを教えてもらいたいくらいだわ」

「雰囲気を読むことですかね」

「――なるほど」

山崎はにこりと笑った。亜希が唇だけで笑い返す。営業部員同士、通じ合うものがあるのかもしれない。ふたりは肩を並べて出ていった。

「山崎さんて面白い人ですね」

亜希と山崎が行ってしまうと、涼平が話しかけてきた。

「そうですね。営業成績トップですから」

真夕もついに後輩ができたことだし、沙名子のように社員をうまくさばけるようにならなくてはと思っていたら、経理部に人が入ってきた。

「こんにちは。新しい稟議《りんぎ》の承認お願いします」

入ってきたのは広報課長の皆瀬織子《みなせおりこ》である。つやつやしたショートボブと襟《えり》の立ったストライプのシャツ。光るネックレスはルビーか。相変わらずの美貌《びぼう》である。

織子は真夕の数年前までの上司なので親しい。昔よりもよく話すくらいである。広報課にいたときは叱《しか》られてばかりで怖かった。

課長になっても織子は変わらない。あちこちを飛び回って広告やＣＭを作り、自分もナレーションを当てたり出演したりする。たまにテレビにも出る。去年は温泉入浴剤のＰＲ動画を作っていたので、よく地方の温泉へ行っていた、織子がタレントのような仕事をこなすおかげで天天コーポレーションは助かっていると思う。

「なんの稟議ですか？」

「手洗い動画の撮影。手洗いブースの評判がいいからね。あれは数年前のだから、別のバージョンを撮り直すことにしたの。——勇太郎はどう思う？　手洗いブース行った？」

織子が勇太郎に声をかけたので、真夕はびっくりした。織子が勇太郎を下の名前で呼ぶというイメージがなかったのである。

「織子さんと勇さんって仲がよかったんでしたっけ？」

「こうみえて同期なのよ」

織子は座っている勇太郎の肩に触れた。勇太郎は不機嫌そうにされるままになっている。

「あ、そうだった！　飲みに行ったりするんですか？」

「――そうでもない」

「それはないんじゃないの？　たまには行きましょうよ」

織子は笑った。今日はいつにもまして美人度が高い。

そういえばふたりは同い年だった。考えてもみなかったが、改めて見るとなかなか絵になる。勇太郎は独身だし、織子は夫と正式に別居したという話だ。こうなったらくっついてしまえばいいのにと思う。

勇太郎が織子を避けるようにして立ち、冷蔵庫の前へ行った。紙パックのアイスコーヒーを取り出そうとして、中が空に近いのに気づく。

「あ、すみません勇さん、アイスコーヒー飲んじゃいました」

真夕は言った。人数が増えたので、コーヒー類の減りが早くなった。

「ぼく、買ってきましょうか。ちょうど用事があるので」

「お願いします」

勇太郎が涼平にコインを渡した。

これまでは部内共有のあれこれは新発田部長が出していたが、最近は勇太郎が出すこともある。そろそろ部内でプリペイドカードなり何なりを買って、定期的にチャージしたいところである。次の部内会議で提案してみようか。

仕事の勘は働かないのに、こういうところだけ気が利くのは我ながら嫌になる。真夕はコーヒーと次のライブのことしか考えていないと思われていそうである。半分くらい事実なのが辛いところだ。

しかしコーヒーと次のライブがあるからこそ仕事を頑張れるのもまた事実。

織子がいなくなり、勇太郎が追うようにして席を立つと、経理室は真夕だけになった。

真夕は引き出しをあけ、こっそりと置いてあるポラロイド写真を取り出して眺めた。写真は真夕の好きなバンドのボーカル、アレッサンドロである。衣装は黒革のライブ衣装だが、髪はいったん黒髪に戻したときなので比較的まともだ。化粧もそれほど濃くない。アレッサンドロは美形の女顔なので、もともとそれほど化粧をする必要がない。

今月は久しぶりにライブに行った。もう最前列は無理だと思っていたが、揉《も》まれるうちに前へ行ったら運がよくて、アレッサンドロの真ん前に押し出された。一緒になって歌っていたら涙が出た。帰り際に思いついて近くのコンビニでミニおでんを買い、受付に差し入れとして置いてきた。

平日にライブに行くのは最初はうしろめたかったが、こそこそと帰るくらいなら前もって言っておいたほうが行きやすいと気づいた。こういうことは勇太郎も沙名子も美華も意外と寛容である。今日は沙名子に用事があるらしく、ホワイトボードにTマークがついている。代わりにできることはやろうと思う。

真夕はゆっくりとカフェオレを飲む。氷は半分溶けているが冷たくておいしい。涼平に、少し高いがこのブランドのコーヒーがいいと教えておかなくてはと思う。

「——伝票お願いします」

ゆっくりと仕事をしていたら志保《しほ》が入ってきた。

「はーい。大変でしたよね、志保さんも」

真夕は急いでアレッサンドロの写真をしまった。

先日は志保のミスで総務部と経理部は騒ぎになった。志保は労務管理のメイン担当から外された。

悪いのは志保なのだが、真夕としては糾弾《きゅうだん》したくない。

担当になったばかりで仕事ができないのは仕方がない。営業部員から何かを頼まれて、いちいち反論してやってもらうよりも自分でやったほうが早いというのもわかる。比べられる前任者がベテランの由香利《ゆかり》というのも同情する。経理部に配属されたばかりのポンコツの自分を思い出し、いたたまれない気持ちになる。

「――いえ」

志保ははっとしたような表情になった。

志保は悪い人間ではないと思う。亜希や涼平もそう言っていた。それなのに、たまに攻撃的になるのはどういうことか。そんなに希梨香や窓花《まどか》が嫌いなのか。

攻撃的といえば美華もなのだが、美華とは雑談ができる。どういう違いなのか謎である。

伝票の処理が終わっても志保は去らなかった。不思議に思って目をやるとふいに尋ねられた。

「――簿記、やっているんですか」

志保の視線は真夕のデスクに向かっている。何かと思ったら、真夕が時間があるときに勉強している簿記のテキストだった。

「はい。帳簿とか、決算書類を読めるようにならないといけないので。まだまだですけど」

「難しいですか」

「あ――はい」

「そうですか」

志保はそれだけ言って経理室を出ていった。

真夕は妙な気持ちで取り残される。意味がわからない。これが変な感じというやつか。

仕事をしていると、どやどやと気配がした。

「ちわすー。ご無沙汰《ぶさた》してまーす。あれ、森若さんは？」

この明るさはよもやと思っていたら当たった。昨年度まで営業部にいた山田太陽である。

太陽はずっと本社にいたので顔馴染みだ。半袖《そで》のワイシャツにネクタイを締め、少し汗をかきながら現れて無茶な頼みをする。名前のとおり夏の似合う暑苦しい男である。

大阪へ転勤になって四カ月経っているが表情は明るい。大阪でも担当を持って精力的に仕事をしているようである。

「こんにちは、太陽さん。出張ですか」

「そう、夏のキャンペーンの会議で。今年はトナカイ化粧品もあるから大がかりなんだよ。――で、森若さんは？」

太陽はきょろきょろしている。大阪に行ってもまだ沙名子が好きなのかと呆れるが、ほっとするような気持ちもある。大阪営業所に太陽は独身かと問い合わせをしてきた人より、沙名子のほうがいいのに決まっている。

「森若さんなら銀行行ってますよ。太陽さん、諦《あきら》めの悪い性格だって言われません？」

「世界一いい男だって言われます。えーと、じゃ森若さんが来たらメールしますって伝えてください。問い合わせの件で」

「はい。――あ、来たかな？」

こちらへ向かってくる話し声が聞こえたので、真夕はドアの向こうに目をやった。

「――それはおかしいですよ、森若さん。本来、就職とは能力を買われるものなんです。育てるつもりで人を採用して、その人が育たなかったらどうするんですか」

声は美華である。沙名子に向かって早口で問いかけている。どこかで合流して話しながら歩いているらしい。

「人とは育つものという前提で採用するのだと思います。わたしもおおむねそう思っています」

沙名子は答えた。美華と沙名子はときどきこういう話をする。仲が良いなあとほのぼのする。

「未熟な人間を評価するということは、優秀な人間が能力通りに評価されないということでもあります。損害を被《こうむ》るのは会社ですよ」

「弊害《へいがい》はありますが、かわって得られるものもあります」

「例えばなんですか」

「愛社精神とか。個人的には好きではない言葉ですが――」

ふたりは話しながら経理室に入ってきた。室内に太陽がいるのを見て足をとめる。

「あ、どうも。森若さん」

「――お久しぶりです」

沙名子は太陽から目をそらした。そそくさと席へ戻り、外出用のバッグを片付け始める。

「太陽さん、問い合わせがあるんですよね。今訊いたらいかがですか？」

「いえ、メールするんで。じゃ行きます」

太陽は嬉《うれ》しそうに手を振った。

ん？　と思った。既視感があった。美華を見たが気づいていないようだ。

こういうのも変な感じというのだろうかと考えていたら、経理室に製造部の鈴木《すずき》が入ってきた。眼鏡をかけ、胸に天天コーポレーションと入った作業着を着ている。鈴木はスーツよりも作業着のほうが好きなようだ。

「あ、鈴木さん、出張ですか。今日は出張多いなあ。槙野さんは一緒じゃないんですね」

伝票を受け取りながら真夕は言った。

「そうですね。一緒に来たんですが、泊まりはぼくだけなんですよ。槙野さんは下で事務作業をしています。早く終わらせて帰りたいようで」

「向こうにご自宅がありますもんね」

「お子さんが小さいですからね。ぼくは独身だし、長くかかる出張はなるべくぼくがやろうと思って」

「鈴木さんも無理しないほうがいいですよ」

真夕は言った。鈴木は一昨年《おととし》にあった熊井《くまい》の事件を気にしすぎである。

槙野が製造部へ行ったと聞いたときはがっかりしたものだが、今になるとよかったと思う。槙野は家族で静岡に引っ越して製造部の仕事に打ち込んでいる。鈴木は仕事が楽になったようで、以前よりも余裕がある。

「──つかぬことをお聞きしますが、鈴木さんって、ライブがお好きなんですか」

真夕はふと声をひそめて尋ねた。

気になっていたのである。少し前に鈴木は真夕に、今日はライブがあるから帰ると言ったことがある。

「え?」

鈴木は苦笑した。

嫌そうではない。鈴木はもともと穏やかな男である。

真夕は注意深く鈴木の顔を見る。やはり悪くない。宇宙人だコスモだと希梨香には言われているが、背は高いし足は長いし、髪を伸ばして化粧をしたらかなり綺麗《きれい》な顔だと思う。一回、眼鏡をとった顔を見てみたい。作業着を脱がして黒革のステージ衣装を着せたい。

「そうですね。仕事に支障の出ない範囲内で」

「推しは誰ですか? アイドルとか?」

そろそろと尋ねてみると、鈴木は眼鏡の奥の目をしばたたかせ、手を振った。

「アイドル──? いや、そんなんじゃないですよ。演奏する側なんです」

「演奏?」

「昔からの趣味で、たまに仲間とライブやっているんですよ。といっても小さいところばかりですが」

——なぬぬ。

驚くあまり言葉を失ってしまった。作業着を着た鈴木がギターを持って立っている姿が頭に浮かんだ。ピックの代わりに天天石鹼を持っていた。悪くなかった。

そそそれはどこで——と訊こうと思ったら、鈴木はどうもと言って去ってしまった。いなくなってから呆然《ぼうぜん》とした。動揺のあまり仕事が手につかない。とりあえずコーヒーを飲もうと思ったが、マグカップは空である。

「——すみません、遅くなって」

経理室にコンビニのビニール袋をさげた涼平が入ってきた。真夕は落ち着けと自分に言い聞かせ、制服の上から胸を押さえた。

「六人なんで二本がいいかなと思って。微糖にしようか、無糖にしてガムシロップを買おうか迷ったんですが、無糖にしてよかったです」

涼平が自分のアイスコーヒーにガムシロップを入れている。

「森若さんはホットの紅茶党、美華さんはテイクアウト派です。ふたりともたまに飲むことはあるけど。頭が疲れているときは甘いの欲しくなるんですよね」

真夕は二杯目のアイスカフェオレを飲みながら言った。こういうことはよく覚えている。

「田倉《たくら》さんは？」

「決めてない」

勇太郎が答えた。

勇太郎はプリントアウトを待ちながら窓際でアイスコーヒーを飲んでいる。決算期にバリバリと仕事をしていた反動か、最近は気が抜けたようだ。今年の夏休みは長めに取ると言っている。

冷蔵庫に新発田部長が近寄ってきていた。涼平が戸惑ったように真夕を見るが真夕は放っておく。飲み物はそれぞれが勝手にやる決まりになっている。アイスコーヒーは地蔵のお供えには入っていないし、部長だからどうこうと言い出すときりがない。新発田部長は自然に自分のマグカップにアイスコーヒーと氷を入れ、デスクに戻っていく。

「そういえば真夕ちゃん、何か知りたいことがあるって言ってなかった？」

沙名子が尋ねた。沙名子は開いたファイルを読みながら温かいミルクティーを飲んでいる。

「あ——そうそう。森若さんて、誰かが何かやらかしたらすぐにわかりますよね。勘がいいっていうか。ああいうのってどうしてなのかなって」

沙名子は小さく首をかしげる。

「勘──なのかな。ミスだけならいいけど、たまに気づきたくないことに気づいちゃうんだよね」

「経験則でしょう。わたしにはまだありませんが、経験を積めば気づくようになるはずです」

美華がきっぱりと言った。なんとなく美華にはないもののような気がしたが、反論はしないでおく。

「田倉さんはありますか?」

「ありますよ」

涼平が尋ね、勇太郎が無愛想に答える。

「あたしもいつかそうなるのかな。今のところぜんぜんわからないんですよね」

真夕はカフェオレを飲みながらつぶやいた。

本当はわからなくてもいいような気がしている。真夕はコーヒーと目の前の仕事と、次のライブのことだけを考えていられれば幸せである。

天天コーポレーション経理部は今日も平和だ。

※この作品はフィクションです。実在の人物・団体・事件などにはいっさい関係ありません。

集英社オレンジ文庫をお買い上げいただき、ありがとうございます。
ご意見・ご感想をお待ちしております。

● あて先
〒101-8050　東京都千代田区一ツ橋2-5-10
集英社オレンジ文庫編集部 気付
青木祐子先生

これは経費で落ちません！8
〜経理部の森若さん〜

集英社
オレンジ文庫

2021年4月25日　第1刷発行

著　者　青木祐子
発行者　北畠輝幸
発行所　株式会社集英社
〒101-8050東京都千代田区一ツ橋2-5-10
電話【編集部】03-3230-6352
【読者係】03-3230-6080
【販売部】03-3230-6393（書店専用）
印刷所　株式会社美松堂／中央精版印刷株式会社

ISBN 978-4-08-680373-1 C0193

ホテルクラシカル
猫番館4
横浜山手のパン職人
小湊悠貴